超武装戦闘機隊 下

米太平洋艦隊奇襲！

林　譲治

コスミック文庫

この作品は二〇一八年一二月・二〇一九年八月に電波社より刊行された『超武装戦闘機隊（一）（二）』を再編集し、改訂・改題したものです。

なお本書はフィクションであり、登場する人物、団体等は、現実の個人、団体、国家等とは一切関係のないことを明記します。

目　　次

第一部　ウェーク島大激戦（後）

第一章　ウェーク島航空戦

1

ハルゼー中将が指揮するその空母部隊は一九四一年一二月七日（日本では八日）、ウェーク島に物資補給を行う任務を終え、真珠湾に向かっていた。

ウェーク島は小島であったが、アメリカにとっては重要な島であった。グアム島から二四〇〇キロ、ミッドウェー島から一九〇〇キロの位置にあり、サンフランシスコからハワイ、グアム、フィリピンを結ぶ重要な中継地点であった。

特にサンフランシスコとフィリピンの間でB17重爆撃機を移動する時には、ウェーク島が燃料補給基地となった。

一方で日本側から見れば、ウェーク島は南鳥島から一五〇〇キロ、日本軍の基地があるルオットから一一五〇キロと、日本とルオットを結ぶ交通の要衝となりえた。

つまり、戦争となればウェーク島を押さえた側が、相手側の航空路を寸断できるわけである。

したがって日本との戦争が起きたら、この島は日本軍によって真っ先に攻撃される島となるのは明らかだった。この島が日本領であったなら、米軍は真っ先に確保しようと考えたからである。

こうした中で日米間の緊張が高まった一九四一年夏には、ウェーク島の強化は進められていた。飛行場の拡張や海兵隊の増員などが進められるほか、F4F戦闘機の増強、砲台や砲弾備蓄の拡充や三ヶ月から半年は籠城できるだけの食料備蓄などが整備されていた。

エンタープライズの来航も、この島への戦闘機や補給物資の輸送のためと、空母部隊の訓練という目的があった。

合衆国でも近年になって国防予算は増やされているものの、海軍将兵の練度には心もとないものがある。だからこそ、こうした機会を捉えて訓練を行わねばならない。それがハルゼー長官の考えでもあった。

「日本との戦争はあるでしょうか」

空母エンタープライズのドミニク艦長は、もうすぐ夜明けになろうかという時、艦橋に姿を現したハルゼー長官に挨拶もそこそこでそう切り出す。

長官であるから、いつどこに現れても問題はない。しかし、艦内には直の時間があり、長官といえどもそうした時間にしたがうのが普通だ。

それなのにこんな時間に現れたというのは、十分に眠れない心配事があるということで、それはやはり戦争の可能性についてだろう。

だからこそ、ドミニク艦長はあえてその話題を振ってみたのだ。こうした問題は一人で抱えるより他人と議論したほうが、ハルゼー長官も気が紛れると思ったためだ。

「あるかないかはわからんが、戦争に備えるのが我々の仕事だ」

ハルゼー長官の意見は明快だった。

「問題は、我々が日本と戦う準備ができているかどうかだ」

ハルゼー長官の懸念は、そこにあった。マクロな視点で、彼はアメリカが日本に負けるなどとはまったく考えていない。戦争の重要資源である鉄と石油をアメリカに依存していた国である日本が、アメリカに勝てる道理はない。

ただアメリカは戦争をしていないが、日本は少なくともこの四年は名前こそ事変だが、実質的に中国との戦争を続けている。

数十万の日本兵が実戦経験を積んでいる。そして訓練と実戦では比較にならない。次元の違う世界だ。

さらに、国力でアメリカが日本を凌駕しているという事実は、じつは政治的には弱点ともなり得る。

アメリカが日本よりもはるかに大国であることは、合衆国市民にも自明のことだ。だから米海軍は日本軍に勝って当たり前であり、負けることなど市民の視点ではあり得ない。戦艦の数を比較してもそれは自明だ。

ただ職業軍人としてのハルゼー中将には、事がそれほど単純ではないこともよくわかる。

米海軍の対日作戦であるオレンジプランでは、戦略的には日本の海上交通路を米艦隊が封鎖し、日本列島を孤立させることで、戦争に勝利することになっている。海軍力で島国日本を孤立させて戦争に勝つ。この大枠は、ハルゼーも妥当と考えていた。ただし、ここに大きな問題がある。

それは合衆国から日本列島まで、どうやって太平洋艦隊を移動させるかという問題である。

常識で考えても、日米艦隊戦は米西海岸沖合でなど起こらず、日本列島の近海で展開される。その近海がどこなのかは日本海軍の判断による。縦深を深くするのか浅くするのかは、彼らの判断による。いずれにせよ、日本の近くとなる。

問題は、日本は委任統治領を持っており、戦争となればそれを拠点として米太平洋艦隊を西海岸なりハワイなりで偵察し、追跡できるのだ。つまり、彼らは米艦隊主力を航空機や潜水艦でゲリラ的に攻撃を続けることができる。

ここで忘れてはならないのが、日本海軍が日本海海戦で勝利した海軍という事実である。

日本海海戦とは、日本海の海上輸送路を確保するための戦いだった。日本列島と大陸の部隊を結ぶ補給線こそが日本海であり、あの大海戦はそのためのものであった。

それを考えるなら、日本海軍がアメリカとの戦争において、補給線の遮断を考えないはずがない。

これはアメリカにとってかなり深刻な問題だ。艦隊決戦で敗北するならまだしも、艦隊への補給線を遮断され、戦わずして敗北するような真似は絶対に避けなければならない。

じっさいのところ、オレンジプランも一つにまとまってはいない。兵站《へいたん》の問題からオレンジプランには二つの案があった。

一つは、艦隊が日本列島まで急襲し、そこで決戦の後に海上交通を封鎖するという案。もう一つは、兵站を支える基地を建設しながら艦隊を進めるというものである。

この二つの案は、オレンジ計画が策定された頃から議論されてきたが、いまだに結論は出ていない。それこそ軍艦が石炭を焚いていた頃からの議論である。

それでも石炭の時代は兵站の苦労が大きかった反面、飛行機や潜水艦の脅威はほとんど存在せず、問題は単純だった。

今日では燃料は石油になり、少なくとも燃料に関しては兵站の問題は改善されている。しかし同時に、航空機や潜水艦の脅威はかつてないほど大きく、それが議論を難しくしていた。

結局、この問題は「脅威が存在する中で大量の物資の長距離輸送を最小の損失で行うにはどうすべきか」という技術論に依存する。自分たちの輸送技術の改善は、敵にとっても攻撃力の改善となり、問題が複雑化してしまうのである。

それでも堅実なことを考えるなら、もっとも合理的なのは、基地を建設しつつ前進することだろう。日本の脅威に対抗するには拠点を建設し、兵站線の安全を図るしかない。

確かに技術論だけで議論するならば、話はこれで終わる。にもかかわらず艦隊急襲案が根強い支持を得ているのは、純粋に技術論だけでは語れない要因があった。

それは時間である。基地を建設して艦隊を進めるには一年、二年という歳月が必要だろう。

問題は合衆国市民が、艦隊決戦さえない中で戦争が年単位で続くことを容認するかどうかである。それに対しては、海軍内部でも「長くても二年以内に戦争が終わらねば、合衆国市民は厭戦《えんせん》気分が支配的になるだろう」という意見で一致していた。

艦隊急襲案が技術的に高いリスクを抱えながら、いまだに支持されているのも、この時間という要素が大きかった。

「時間だな、つまりは」

ハルゼー長官の懸念はそこにあった。

海軍将兵の練度で日本海軍に及ばない状況では、艦隊急襲案の実現性は高くない。

そうなれば基地を建設しつつ前進となるが、アメリカの対英支援でさえ「戦争に合衆国を巻き込むもの」という世論が強い中、日米開戦となった時に世論はどうなるか？

どのような形で戦争になるかはわからないが、よほどのことがない限り、合衆国市民は数年に及ぶ戦争は容認しまい。

ハルゼーの懸念は、技術的・国力的にアメリカは戦争に勝てるのに、政治的要因から合衆国が早々に戦争をやめてしまう可能性だ。

シビリアンコントロールの原則から言えば、世論が否定することを軍部が強行はできない。しかし海軍の人間として、そうした戦争の終わり方には釈然としないのも事実である。

「戦争が起こらない可能性もあると思いますが」

ドミニク艦長の言葉にハルゼーは眉をあげる。ほかならぬ彼から、そんな意見を耳にするとは思わなかったためだろう。

「日本がほしいのは資源です。具体的には石油。ならば蘭印を占領すれば事足ります」

ハルゼー長官はその意見にはっとした。日米が戦争の危機にあるのは、一言でいえば石油の問題だ。だから日本が蘭印だけを武力侵攻した場合、日米開戦はない。というよりアメリカの参戦理由がない。

現時点でオランダの亡命政府はイギリスにあるため、じっさいに日本が蘭印侵攻をすれば、日英戦争にはなるだろう。そうなればマレー半島も戦場になる。

しかし、それでも日本がフィリピンも攻撃してくれない限り、アメリカはアジアのこの戦争に介入する理由がない。つまり戦争にはならない。

ドミニク艦長が言っているのは、そういう話である。

「戦争にはならないとしても、フィリピンをめぐる状況は否応なく緊張が高まるな」

「ですから日本が東南アジアで侵攻を開始し、フィリピンは素通りしたとしても、遅かれ早かれ戦端は開かれることになるでしょう。

ただ、侵攻から日米開戦まで一年あれば、我々は拠点建設を進めることは可能でしょう。あるいは日本の委任統治領を急襲し、そこを迅速に拠点化する準備も不可能ではないはず」

「なるほど」

ハルゼー長官は、ドミニク艦長の意見に興奮を抑えられなかった。確かにこの方法なら、いままでオレンジプランが抱えていたジレンマを解決できる。

ただドミニク艦長自身は、自分の名案をそれほどとは考えていないように見えた。

ハルゼーはそれについて艦長に質《ただ》す。

「問題は、本当に一年の猶予がその状態で確保できるかにあります。小職が思うに、それはあまり期待できないでしょう」

「なぜだ？」

「我々の弱みを日本軍が知っているとしたら、彼らは我々に猶予を与えない可能性が高い。フィリピンの艦隊を全滅させ、我々の準備が整わないうちに戦端を開こうとするのは自然な流れです。

例えば、我々がフィリピンの艦隊を増強するために戦艦や空母の一部を配備するとして、それは日本軍にとってのチャンスです。それらの主力艦を破壊すれば、太平洋艦隊の主戦力は各個撃破できますから」

「フィリピンの艦隊を撤退させる……しか、選択肢はないのか」

「時間稼ぎのためには、そういう選択肢もあり得ます」

ドミニク艦長が悪いわけではないが、先ほどの高揚した気分もいまの話でしぼんでしまう。

「悪条件を打開する方法は一つあります」

「なんだね、艦長？」

「オーストラリアの支持をとりつけることです。オーストラリアが兵站基地となるなら、短期決戦は可能でしょう。一年の準備期間があれば」

「なるほどな」

ハルゼー長官にドミニク艦長との会話の中で見えてきたのは、勝利の可能性が海軍力だけでは決まらないという、ある意味で当たり前の結論だった。

ただ、ドミニク艦長の視点をハルゼー長官が面白く感じたのは、日米戦争の議論の中で、彼は日本とアメリカの二カ国関係よりも広い視点で解釈していることだった。

じっさいハルゼーも、戦争について英米関係は考えていたが、太平洋を挟んだ二カ国の戦いは、確かに周辺国へも影響を及ぼすだろう。

結局のところ、ハルゼーが抱いていた疑問がそれで解決したわけではない。そもそも、そう簡単に結論が出る話でもないだろう。

だが、先ほどまでのもやもやした気分は晴れた気がした。視野を広く持てば解決策はある。重要なのはそれである。

いまさら仮眠をとる意味もなく、ハルゼー長官はそのまま艦橋で朝を迎える。

朝食をとり、それからしばらくハルゼー長官は幕僚らと談笑していた。通信科から電話が入ったのは、正午近くである。

「真珠湾が日本軍の航空隊により奇襲攻撃を受けています！」

じっさいには真珠湾が攻撃されたのは朝であった。しかし、一航艦の攻撃が施設破壊を少なからず伴ったことで、通信は大混乱状態にあった。

地上の通信基地の通信は麻痺状態であり、無線が使える艦艇部隊は本国には報告していなかった。無線通信の役割分担の結果である。

地上の通信基地が完全に使用不能とわかったことと、米太平洋艦隊の指揮機能が崩壊したことで、臨時の指揮官が動くまでの数時間がこの通信の遅れを招いていた。

しかも、ハルゼー長官が受け取った無線通信も十分な情報を伝えていなかった。臨時の指揮系統は、各方面からの情報をきちんと整理しきれておらず、日本軍の戦力規模さえ不明であった。

したがって、ハルゼー長官がわかったのは「真珠湾の基地が日本軍の航空隊と潜水艦の奇襲を受けて大損害を被《こうむ》った」というレベルのものだった。

ハルゼーは反射的に詳細報告を求めようとして、かろうじて思いとどまった。第一報がこれでは、いま第二報を求めたとしても意味のある返事は期待できまい。

それに状況が不明の中で、いま自分たちの存在を明らかにするのは得策ではない。

ハルゼー長官の判断は妥当なものであったらしい。というのは、それからほどなくウェーク島からも報告があった。

「日本軍航空隊の空襲を受ける。双発爆撃機の総数は三〇機前後。戦闘機隊に大打撃。可動機四機」

ウェーク島からの報告は短かったが、状況は真珠湾からの報告よりもはるかに明快だった。日本の委任統治領から出撃した爆撃機がウェーク島を空襲した。

ウェーク島の航空戦力はエンタープライズで輸送したばかりのF4F戦闘機が一二機だ。たった一二機というかもしれないが、一二月四日にそれらを輸送するまでは、同島には若干の民間機が運用を行っていただけで航空戦力はなかったのだ。

ハルゼー長官の選択肢は三つあった。

一つは当初戻る予定だった真珠湾ではなく、西海岸のサンディエゴに向かうもの。

もう一つは、やはり真珠湾に戻り、状況に応じた対応をする。そして、三つめはウェーク島に戻るだ。

最初のサンディエゴに戻るという案は、安全という面では有利に思えたが、それ以外の利点はない。状況を知ることさえできない。

真珠湾に戻るというのは、それよりは上策に思えるが、状況が見えない点では変わらない。それは時間の経過とともに改善されるだろうが、問題は自分たちに何ができるかという問題だ。

空母一隻に重巡三隻に駆逐艦九隻というのは、そこそこ強力な戦力だ。とはいえ日本艦隊の戦力によっては、真正面からぶつかるのは不利だろう。真珠湾に大打撃を与えたからには、相応の規模の艦隊であるはずだ。

そこそこ強力な戦力だからこそ、日本軍により各個撃破されることだけは避けねばならない。

自分たちの戦力を有効活用しつつ、日本軍の攻勢を頓挫させる方法。それは最後の案、ウェーク島に戻るだ。

双発爆撃機ということは、空母部隊が攻撃していたわけではない。委任統治領の飛行場から飛び立ったのだろう。

攻撃はこの一回では終わるまい。そして、基地を徹底的に破壊したと判断すれば、日本軍は上陸部隊を展開するはずだ。

だから、空母エンタープライズで敵の航空隊を撃破すれば、ウェーク島の上陸作戦を頓挫させることができる。

日米間が戦争となったら、フィリピンにも彼らは鉾《ほこ》を向けるだろう。その時、本国とフィリピンの連絡路となるウェーク島の確保はなによりも重要だ。

つまり空母エンタープライズは、いまここで日本軍の企図を打ち砕くことができるのである。

「本艦隊は、これよりウェーク島の防衛に向かう！」

ハルゼー長官の判断に異を唱えるものはなかった。

2

ウェーク島を空襲したのは、第四艦隊所属の千歳航空隊の陸攻三四機であった。

マーシャル諸島ルオット基地からの攻撃であったが、三四機は千歳空が保有する全陸攻であった。つまり、総力をあげての攻撃だったことになる。

後に、あるアメリカの戦史家は「日本軍がウェーク島攻撃に投入した兵力は、米軍を舐めきっているとしか思えないほどの寡兵だった」と語ったが、それには軍事だけでは語られない事情もあった。

　そもそも、この方面を担当する第四艦隊の司令長官に井上成美《しげよし》中将がついたのは、三国同盟・日米開戦反対派であった彼を、可能な限り中央から遠ざけるという意図があった。

　海軍の主流派からみれば、彼は厄介な人物であったのだ。さらに間の悪いことに、井上中将は海軍航空本部長として「新軍備計画」という提言を海軍大臣に提出する一方で、かつての古巣である練習航空隊にも送付していた。

　これは「海軍の空軍化」として一般に認識されていたが、その本質は持たざる国日本でいかにして総力戦時代の国防を実現するかという戦略論であった。

　ただ「新軍備計画」を戦略論として読み解ける海軍首脳は少なく、それがために「海軍の空軍化」としか多数派には理解されなかったのである。

　結果的に井上司令長官の第四艦隊は、いざウェーク島攻略を計画するにあたって、中央からの強い風あたりに直面することとなった。

　第四艦隊は旗艦が練習巡洋艦鹿島であることが示すように、有力な水上艦艇を欠いていた。特設艦船の比率も高く、艦艇のほとんどが大正時代に建造された軍艦である。

　確かに「新軍備計画」では、駆逐艦などの艦艇を中心とし、シーレーンの防衛のための艦艇と島嶼《とうしょ》の航空基地の活用を唱えていたから、その意味では井上司令長官の主張通りと言えなくもない。

ただ軍令部他の海軍軍人が、その提案に反発していたことを思えば、この戦力は井上を中央から排除した勢力による意趣返しと解釈すべきだった。本当に井上案を理解したなら、陸攻は九六式ではなく、最新の一式陸攻が提供されたであろうから。

もっとも九六式陸攻と一式陸攻では、速力や防備の違いこそあれ、爆弾搭載量は同じであり、打撃力の違いはほとんどなかったが。

軍令部などでは「第四艦隊は要求ばかり多い」との意見もあったという。

それは井上への反発というよりも、アジア全域で戦力を展開するという日本の国力の限界に近い作戦において、ウェーク島にばかり戦力は割けないという事情によるものだった。

それでも一二月八日の攻撃は、ほぼ成功と思われた。ウェーク島は小さいし、損傷機はあったが撃墜された陸攻はない。ただ三四機すべてを投入したため、第二波を出す余裕はなかった。

一つには損傷機が多かったことがある。墜落には至らないものの八機が被弾していた。

これはウェーク島が小さいことも関係している。爆撃機は密集して爆弾を投下しなければならない。一方で、小さな島ゆえに対空火器の数は少なくとも密度は高くなる。

だからそんな島を攻撃すれば、じつは予想以上に被弾率は高くなる。島の面積で対空火器を割れば、孤島ほど数字は高いわけだ。

これにより八機被弾という予想以上の損傷が出た。三四機しかない中で、八機の被弾は無視できない。水平爆撃は密度が重要だから、四分の一近い戦力の低下は看過できないのである。

ルオットの基地化も、そもそも委任統治領は非武装が建前であり、基地化が進んだのは会戦直前だった。そうした点で基地の能力にも限度がある。

ウェーク島攻略に関していえば、色々なものが準備不足であった。井上長官の着任も昭和一六年の八月末、計画に着手できたのが同年の一〇月下旬である。

関係者の打ち合わせは一二月三日、五日に図上演習、実際の訓練に至っては六日に行われるという慌ただしさだった。

図上演習とか訓練は、実戦において不具合がないかを確認するためのものである。

しかし、実戦二日前の訓練ではできることに限度がある。

これだけ余裕がないのは、連合艦隊や軍令部がウェーク島攻略を決定したのがかなり遅かったことが大きい。当初案にはなかったウェーク島攻略は、後から追加されたのだ。

それでもこの無理なスケジュールが強行されたのは、ウェーク島攻略など鎧袖《がいしゅう》一触《いっしょく》で終わるという海軍首脳の考えがあったためだった。

ここで海軍首脳にウェーク島の防備に関して、より現実的な認識があったなら、その日のうちに第二波攻撃を仕掛けただろう。上陸部隊のために徹底して敵を叩くためだ。

しかし、万全な戦力で臨むという考えと、ウェーク島の戦力を過少に評価していたため、彼らの航空攻撃は翌日の九日となった。

九日の攻撃は未明から行われた。それは二回の出撃を本日中に行うためでもある。午前に一度、午後に一度という計画だ。

三四機の陸攻のうち、出撃できたのは三〇機に過ぎなかった。残り四機は修理が間に合わなかった。この点では、緒戦で八機が被弾したことが大きく計算を狂わせたことになる。

ウェーク島の対空火器がそこまで強力なものとは予想していなかったためだ。しかも皮肉にも撃墜機がなかったことが、整備兵らの負担を増すこととなった。

撃墜された機体なら修理する必要はない。全機生還で損傷機が八機という状況が、整備兵の負担を増大させた。整備科もそこまでの陣容は整えておらず、結果的に整備未了の機体が生じてしまったのである。

しかし、航空隊の指揮官は不安を感じていなかった。敵の航空基地は徹底して破壊したはずだ。

「そろそろウェーク島だ。各員警戒せよ」

爆撃隊の隊長が隷下の陸攻に無線で命じる。警戒せよとは言ったものの、それほどの緊張感はなかった。爆弾を投下して帰還する簡単な任務だ。

そんな甘い考えも、そこまでだった。

「上空より敵戦闘機！」

三〇機の陸攻で偵察員たちが上を見る。

「馬鹿な！　二〇機はいるぞ！」

ウェーク島の戦闘機隊は撃破したはずなのに、なぜか撃破した以上の戦闘機が現れた。

それは完全な奇襲であった。編隊翼端の陸攻がまず銃撃され、撃墜される。ほかの陸攻は急ぎ、Ｆ４Ｆ戦闘機に対空火器を向けるが、奇襲を受けたことで火力支援も完璧とはいかない。

護衛戦闘機なしの陸攻が脆弱《ぜいじゃく》であるのは、すでに日華事変でわかっていたことである。日本だけの話ではなく、爆撃機が戦闘機に弱いことはヨーロッパの戦場でも確認されていた。

陸攻隊にとって、この戦闘機隊からの迎撃は致命的だった。陸攻隊は次々と被弾し、投弾を諦めざるを得なくなる。

結果として、三〇機の陸攻隊のうち二四機が撃墜され、生還機六機のうち修理可能なのは三機にとどまった。

修理すれば、出撃が間に合わなかった四機と合わせ、七機の陸攻を運用することは可能となる。

しかし、敵戦闘機が二〇機以上存在するとなれば、これ以上の航空攻撃は容易ではない。さらに戦闘機があるなら、上陸もできない。

第四艦隊にとっては、なんとも困った状況に陥ってしまった。

「まずはウェーク島への偵察を行う」

井上司令長官はそう決定した。陸攻七機でできることは限られる。相手に迎撃戦闘機があれば、なおさらだ。

「ですが長官、いまさら偵察機を飛ばしてなんになるのでしょうか」

そう渋る幕僚もいた。だが、井上司令長官は全体を俯瞰《ふかん》していた。

「我々は確かに昨日は爆撃に成功した。迎撃機も出てこなかった。にもかかわらず、どうして二日目の本日は二〇機以上の戦闘機に襲撃されたのか？　昨日の攻撃が失敗だったのか？

いや、そうではあるまい。今日、二〇機で迎撃できたなら、昨日はそれ以上の機数で迎撃できたのだ。つまり、ウェーク島は増援を受けたことになる。

どこからか？　グアム島には飛行場は建設されていない。真珠湾からもあり得ない。考えられることは一つ。ウェーク島の周辺に、真珠湾で討ち漏らした空母がいるのだ」

空母という言葉に司令部内は凍りついた。

かねてより航空機で戦艦は沈められるかという議論があったが、その解答は昨日の真珠湾攻撃で出た。

空母航空隊で戦艦は沈められる。そして、第四艦隊には有力な水上艦隊は一隻もない。空母と正面から戦えば全滅させられてしまうだろう。

「これは、したがってチャンスである」

井上司令長官の「チャンスである」という言葉に、司令部の幕僚たちは彼が何を言っているのかわからなかった。強いてチャンスと言うならば、それは自分たちではなく米軍の側にあるだろう。

しかし、井上の論理は明快だった。

「太平洋艦隊の空母で、真珠湾で確認されていたのは二隻である。したがってウェーク島にいるであろう空母は、エンタープライズとレキシントンの二隻だ。対する一航艦は空母六隻だ。それが戦えば鎧袖一触で敵空母は撃破される。つまり、米空母は当面一掃することができる。

一航艦が帰路にあることを思えば、これはチャンスと言えるのではないか」

幕僚らは井上の指摘にはっとした。

「つまり、そのための偵察と！」

「そういうことだ」

3

「至急、ウェーク島に合流されたし、か」

空母レキシントンのシャーマン艦長は、ハルゼー長官からの電文に、それまでのうちひしがれた気持ちが一掃されるのを感じた。

日本軍が真珠湾に侵攻した時、空母レキシントンはミッドウェー島への補給任務にあたっていた。機材や戦闘機の増援のためだ。

真珠湾攻撃の一報はその任務が終了し、帰路に向かう途中で受け取ったが、シャーマン艦長は自分たちの行動について決められなかった。補給部隊は臨時編制で、シャーマン艦長が先任者として指揮権を有していたが、それだけに不用意な行動はできないと思ったためだ。

空母レキシントンには護衛戦力として三隻の巡洋艦と六隻の駆逐艦が伴われている。真珠湾が大打撃を受けたという報告が本当なら、この護衛艦艇は米太平洋艦隊にとって貴重な戦力となる。無駄に失うわけにはいかないのだ。

現地時間の一二月七日の時点で、シャーマン艦長は情報収集に徹していた。敵軍に一矢《いっし》を報いるにしても、敵戦力の情報は必要だ。しかし、敵の情報よりも真珠湾の惨状ばかりが入ってくる。

戦艦は全滅し、巡洋艦もめぼしいものは撃破された。乾ドックや石油タンクも破壊された。飛行場も使えず、現時点で真珠湾の軍事基地としての能力はゼロに等しい。

そして敵戦力は、確認されているのは空母艦載機であり、二度の攻撃が行われたことから、シャーマン艦長は日本軍の空母を二隻から四隻程度と判断していた。

空母一隻が一〇〇機搭載するとして、第一波、第二波に分かれるなら、一回の航空戦力は空母二隻で一〇〇機、空母三隻なら一五〇機、空母四隻なら二〇〇機となる。

真珠湾からの通信傍受で判断すれば、一回の攻撃に投入された戦力は二〇〇機前後になる。損害の大きさから考えれば、それだけの戦力が投入されたとしても不思議はない。この場合の空母は四隻となる。

しかしシャーマン艦長は、この空母四隻という数値には懐疑的だった。というのも、日本軍はマレー半島やフィリピンにも兵力を展開していた。これだけ広範囲な作戦を展開するには、日本海軍の戦力を総動員する必要があるだろう。

それを考えると、日本海軍が空母四隻を真珠湾攻撃に投入するとは考えにくい。

空母四隻とは、空母を四隻だけ集めればいいわけではない。米海軍もそうだが、多数の巡洋艦・駆逐艦を伴わねばならない。日本から真珠湾までの距離を考えるなら、タンカーの手配も必要だろう。

それだけの大艦隊が、どのような航路を選択するにしても日本から真珠湾までを誰にも発見されないなど、まず奇跡に近いだろう。

そうしたことを考えるなら、空母四隻は考えにくい。ただ、それならば空母二隻かといえば、それもまた難しい。

いかに奇襲を受けたからとはいえ、空母二隻で壊滅的打撃を受けるほど真珠湾も脆弱ではないだろう。

だとすると、間を取って空母三隻か？　日本海軍の大型正規空母で、三隻ある同型艦はなかったはずだが、それは運用の問題だろう。

空母三隻の部隊というのは、あまりすわりのいい感じはしないのだが、シャーマン艦長にはいちばん合理的な解釈に思われた。

もっとも敵戦力が空母三隻としても、レキシントン一隻で相手にするのは難しい。ここは戦力の保全を考えるべきなのか。

シャーマン艦長がそうしたことを思っていた時、ハルゼー長官からの命令が届いたのだ。

厳密に言えば、シャーマン艦長の部隊はハルゼー長官麾下《きか》の部隊ではなく、彼がハルゼーの命令にしたがう義務はない。しかし、この非常時に敵に反撃できる状況で、ハルゼーの命令を拒否するのは馬鹿げているとシャーマン艦長は考えた。

それで軍法会議にかけるというなら、かければいい。国のためになすべきは、法的に問題があるとしてもハルゼーにしたがうことだ。それがシャーマン艦長の決心だ。

ハルゼー案の利点は、ウェーク島を空母とすることで、レキシントンと合流すれば空母三隻に等しいということだ。これなら日本軍と互角に戦える可能性がある。

レキシントンはミッドウェー島に戦闘機を輸送して帰路についた。その途中で真珠湾のことを知り、一度運んだ戦闘機をミッドウェー島から回収した。それをウェーク島の航空隊に移動できるだろう。

シャーマン艦長は、すぐにハルゼー長官に合流する旨を伝えた。

「日本軍の空母部隊を撃破すれば、この戦争はすぐに終わる」

4

ルオットからの陸攻がウェーク島への偵察飛行に赴いたのは、午後のことだった。予定よりも整備が遅れたのは、途中で改造があったためだ。それは対空火器の強化であった。

敵空母の有無を確認するための偵察飛行ということで、九六式陸攻の対空火器は、すべて二〇ミリ機銃に換装された。

改造は時間がないこともあり、強引な部分もあったので外見はいささか無骨になった。速力が低下するのも明らかだが、現状を考えるなら、多少の速力低下は構わないと判断された。それより防御力だ。

戦闘機があれば申し分ないのはわかっているが、ルオットに戦闘機隊はいないのだ。

重武装陸攻は、それでもさほど問題なく離陸した。銃火器は重武装だが、魚雷も爆弾も搭載していない分、速度の低下もさほど顕著ではなかった。

乗員は一〇名で、ほとんどが対空火器要員であった。この重武装化に伴い機首と尾部の間、爆弾倉をまたぐ梁《はり》の部分にも二〇ミリ機銃が装備されていた。命綱をつけた機銃員が爆弾倉から下に向かって銃撃を仕掛けるようになっていた。

「周辺の海に船舶がいないか注意せよ」

機長は下方を偵察する人間たちに命じていた。前回のウェーク島攻撃では、陸攻隊は戦闘機隊の待ち伏せを受けている。千歳空の人間たちも待ち伏せされた理由がわからなかった。

じっさいは空母エンタープライズのレーダーによるものであったのだが、第四艦隊でレーダーの存在を理解している人間はいなかった。その状況であの待ち伏せを解釈しようとすれば、途中で船舶などにより攻撃を察知されていたということになる。

陸攻隊自体は、そのような船舶の存在を認めていなかったが、現実に待ち伏せがなされていた以上、小艦隊なので見逃したのではないか。そう解釈されたのである。

偵察機はレーダーのことなど知らなかったが、自分たちが奇襲を受ける可能性だけは十分に承知していた。じっさい雲などもあって、完璧に敵の艦船を発見することは難しいと思われた。

艦隊なら発見できるとしても、停泊中の哨戒艇などだと航跡もないから発見も難しくなる。それだけに彼らは半ば奇襲を覚悟していた。銃火器の増設もそのためだ。

一方で、機長は戦闘機はどこから飛んでくるのかを考えていた。ウェーク島の航空基地は全滅させたという前提で考えるなら、島は復旧を急いでいるはずだ。

だから空母の戦闘機隊をウェーク島に移動し、そこから戦闘機を出撃させるのは、どう考えても非効率だ。そうなると、やはり迎撃機は空母からとなる。

さらにウェーク島に日本軍を接近させないため、ルオットとウェーク島の直線上のどこかにいると考えると筋が通る。

ただルオット寄りになりすぎると、ウェーク島そのものへの攻撃があった時に迅速に対応できない。だから空母は近からず、遠からずの位置に停泊しているはず。

機長は海図を見直す。前回、待ち伏せされた空域とウェーク島の中間点付近に敵空母は潜んでいるのではないか？

「針路を変更する」

機長は操縦員たちに告げる。ウェーク島への直線ではなく、空母がいるであろう想定域に横方向から接近するのだ。

機長の判断は、ある部分で当たっていた。偵察機がコースを変更して飛行している時だった。

「上空に戦闘機！」

二機のＦ４Ｆ戦闘機が、雲の間から急降下で攻撃を仕掛けてきた。

機体上部の機銃も、直上の戦闘機までは対処できない。それでも通過したＦ４Ｆ戦闘機の一機には、多数の銃弾が側面や下方機銃の銃撃により命中した。その戦闘機は黒煙を曳きながら戦線を離脱する。

しかし、喜んでばかりはいられない。その間に残りの一機が再び直上から攻撃を仕掛け、上部機銃員とエンジンを撃ち抜いて過ぎ去っていく。

翼の燃料タンクは、すぐに防漏ゴムで燃料漏れはなくなった。しかし、エンジンの燃焼は続き、ついにエンジンが爆発し、それは燃料タンクに引火、機体は一瞬で炎上する。

偵察機は状況を報告するのが精一杯だった。

5

ルオットにその機体がやってきたのは、九日の夕刻近くだった。もうすぐ日が沈むかどうかというぎりぎりのタイミングで着陸した。

操縦員の岸本中尉を千歳空の飛行隊長が出迎える。しかし、彼の関心は岸本よりもその機体にあった。

「これまた不細工な機体だなぁ……あぁ、いい意味でだ」

隊長は岸本がいることに気がついて「いい意味で」などとつけ加えるが、不細工にいい意味もないものだ。

もっとも、岸本もこうした反応には驚かない。自分自身も最初にこの機体を見た時はそう思ったものだ。

それは双胴の飛行機で正式名称は別にあるらしいが、陸海軍航空隊では、毒蛇のほうが馴染みがある。とはいえ、岸本も自分がこの機体を最初に見た時には、胴体を二つにするという奇想に目を見張った。

ただ実際に飛ばしてみると、その理詰めの思想には共感できる点も少なくなかった。

なによりも兵装の共通マウント化という点は、岸本も感銘を受けた特徴だ。マウントにあらかじめ機銃などを装備すれば、三七ミリ機銃をつけたり、二〇ミリ機銃を多数並べたりをマウントの交換により瞬時にできる。

しかも岸本の本来の任務である偵察飛行も、マウントを機銃からカメラに交換すれば戦闘機が偵察機になる。

岸本は第四艦隊の所属であった。司令部直率の偵察航空隊だが、じっさいは数名の将兵と、機体は毒蛇戦闘機だけだ。マウントを交換し、カメラをつけて偵察機として運用している。偵察航空隊というより偵察航空班のような規模である。

井上司令長官は、かねてより島嶼戦の可能性を論じていた。しかし、艦隊決戦を重視していた日本海軍には島嶼戦に必要な機材が想像以上に足りなかった。

多数の高性能水偵を有しながら、島嶼戦に使える陸上偵察機がないこともその一つだ。そのため練習航空隊のカリキュラムでも陸上偵察は含まれていたが、陸海軍でも温度差があり、この分野を専攻しようという人間は海軍では少数派だった。

そこで第四艦隊は、陸軍から手頃な陸上偵察機として、練習航空隊経由で毒蛇を一機融通してもらっていた。

本来ならウェーク島攻略の前に配備され、事前偵察や戦果確認を行うべき立場にあったのだが、上陸訓練さえ開戦の二日前という有様では、岸本らの出番はなかった。

彼らが準備を整えた時点で、すでに作戦は始まっていた。しばらく出番はないと思っていたのに、急遽呼び出しを受けたのだ。偵察機としてではなく戦闘機として。

「カメラは陸攻に積み替えた。偵察は陸攻で可能だ」

飛行隊長は言う。

「それで、マウントは最初から装備されている二〇ミリ機銃八門に交換した」

「つまり陸攻の護衛ですか」

岸本中尉は意外な成り行きに当惑していた。

確かに練習航空隊では、戦闘機搭乗員の訓練も受ける。戦闘機に乗らないとしても、戦闘機がどんなものかを知っておくのは共同作戦をする上で必要という判断からだ。

岸本中尉は単座偵察機の訓練を、ルオットに乗ってきた毒蛇改だけでなく、その前の一〇式戦闘機ベースの初期の毒蛇から受けていた。本来は戦闘機であるから、訓練の大半は戦闘機の技術についてである。だから護衛をせよと言われれば、できないことはない。

「敵空母がいるのは間違いない。その位置もほぼ絞られた。ただ戦力がわからん。それを確認しなければならん」

空母からのF4F戦闘機により、最初の偵察機は撃墜されたという。だから戦闘機が必要というのだ。

偵察機の戦闘機化は、三〇分もしないうちに完了した。そういう目的のためのマウントなのであるから、不思議でないのはわかるが、それでも岸本にとっては印象的な事実だ。

再度の偵察飛行は一〇日の早朝から行われた。陸攻はカメラを搭載する以上の改造はされていない。護衛は毒蛇に託されたようなものだった。

カメラを機銃に換装しても、毒蛇の飛行性能には特に大きな違いはなかった。銃器のほうが重いように思えるが、偵察用カメラには姿勢を安定させるためのジャイロも搭載されており、重量ではそれほど違いはなかったからだろう。

それよりも陸攻の上空を飛行しながら、岸本は千歳空の過去二回の作戦失敗に違和感を覚えていた。

海上に船舶がいて、航空隊を見張っていたというが、二度にわたって見逃すとは思えない。もっと別の方法で自分たちの接近を探知したのではないか？

彼がそう思うのは、バトル・オブ・ブリテンでイギリス軍がドイツ軍に勝利したのは、電波を用いた探知機を使ったためという話を聞いたことがあるからだ。

そういうものを敵空母が持っていたとしたら、待ち伏せされることは十分にあり得る。

岸本にとってそれは仮説であり、状況証拠でしかない。ただこの仮説にしたがえば、奇襲の理由は説明できる。

岸本は「敵の目をくらますため」という曖昧な理由で、陸攻との距離を精一杯接近させた。

無線を受けた陸攻側にしてみれば、理由のわからない行動ではあるが、戦闘機の考えに合わせるよりなかった。

果たしてＦ４Ｆ戦闘機はやってきた。数は二機。岸本は自分の探知機説が正しいと感じた。

どういう探知機にせよ、遠距離では分解能は高くあるまい。少なくとも襲撃された陸攻から空母は見えなかったのだから、一〇〇キロ近くは離れていた可能性がある。

そんな遠距離からでは分解能は期待できないだろう。だから陸攻と密着した。そうすれば敵空母からは一機で接近すると思われるだろう。しかし、現実には戦闘機を伴っているわけだ。

あちらが奇襲をかけてこようとするなら、こちらも奇襲で応じる。それだけのことだ。

岸本は敵戦闘機を認めると高度を上げる。表面積の大きな機体だから抵抗は大きいが、反面で二基の統制型一五〇〇馬力エンジンにより急激な上昇力を持っていた。F４F戦闘機は急上昇した毒蛇戦闘機の存在に気がつかなかったらしい。一機しかいないという先入観と、陸攻のほうが先に目についたためだろう。多少の雲塊があったことも、F４F戦闘機側には災いした。

岸本は敵戦闘機の姿を捉えると、反転して急降下し、二機のF４F戦闘機の後ろ側の一機に銃撃を加えた。

まったく無防備だったF４F戦闘機は、八門の二〇ミリ機銃の洗礼を受けて撃墜される。

残り一機のF４F戦闘機は、僚機が突如現れた戦闘機に撃墜されたことでパニックになった。陸攻を襲撃しようとしていたところで、彼は不用意な旋回を行った。

しかし、F４F戦闘機に警戒を固めていた陸攻側が、それを見逃すはずがなかった。

陸攻の対空火器がF４F戦闘機を襲う。それで戦闘機が撃墜されはしなかったが、被弾したことで彼はますます冷静さを失っていた。

彼は空母にまともな報告もしないまま、態勢を立てなおそうとするも速度では毒蛇が速い。

後ろから二〇ミリ機銃弾の弾幕を浴びて、Ｆ４Ｆ戦闘機は墜落していった。

空母エンタープライズでは、水平線で何かが光り、さらにしばらくして黒煙が伸びたのは確認できた。

どうやら敵機と交戦になったらしい。意味のわからない無線通信があっただけで、それ以降は沈黙している。

ただレーダーのＰＰＩには、二機の機影が描かれていた。敵偵察機と迎撃機二機だから、一機撃墜されれば、二機で数は合う。

じつを言えば、レーダー手には一瞬だけＰＰＩには四機映っているように見えていた。しかし、それは一瞬で、すぐ三機に戻り、それが二機になった。

「敵機の撃墜をレーダーで確認しました」

レーダー手は上司に報告し、上司は艦長に報告する。

無線室からはパイロットとの交信が途絶えたとの報告があったが、レーダー室からは二機が偵察機を撃墜して帰還中との報告があり、それは無線機の故障と考えられた。

だから陸攻が接近した時、空母エンタープライズは有効な手立てが取れなかった。迎撃機を出すには遅すぎる。それに敵偵察機はハルゼー中将の部隊編成を確認し、打電しているだろう。

しかし、予想外のことが起こる。双胴式の見たこともないような飛行機が、急降下すると二〇ミリ機銃を飛行甲板に向けて放ったのだ。

飛行甲板には、出撃準備を整えたF４F戦闘機が一〇機ほど並んでいた。それらに対して機銃掃射がなされ、戦闘機は破壊されて炎上してしまう。

それは予想もしていない災禍だった。空母エンタープライズはその火災を鎮火するのではあるが、その頃には偵察機も戦闘機もすでに艦隊の上空にはなかった。

第二章　任務部隊

1

空母レキシントンの飛行甲板では、発着機部員が着陸しようとするF4F戦闘機を誘導していた。レキシントンの真後ろには駆逐艦が一隻定位置についており、それが飛行機に対して進入方向を指示している。

「着陸したぞ。すぐに移動しろ！」

発着機部の指揮官は将兵に檄《げき》を飛ばす。

「整備と燃料補給、急げ！」

パイロットたちはF4F戦闘機から降りると、横になったり食事を始める。そうした中で、一二機のF4F戦闘機が着艦を終えた。

「全機、無事に着艦しました」

報告を受けてシャーマン艦長は、やっと安堵の表情を向ける。すでに午後も遅い。

「発艦は予定通り、明朝に決行する。それまでパイロットたちには十分休養をとらせよ」


アメリカ時間の一二月七日の日本軍による奇襲攻撃で基地機能を喪失した真珠湾は、主力艦や多数の補助艦艇も失った。それだけでなく、キンメル司令長官以下の多数の幕僚も、石油タンク火災のため失われる結果となった。

米海軍省の対応は後手にまわった。あまりにも戦力が一度に大量に失われことで、真珠湾で何が起きているのかまったくわからなかったのだ。

いちばんまとまった情報というのが、第三国経由で入手した大本営海軍部発表であり、米海軍および政府当局は、ここでようやく全貌を把握することができた。

これ以外にも残存艦艇からの報告が多数届いてはいたが、それらは彼らの視点による状況報告であるため、海軍当局には情報は集まるが全体が見えないという状況が続いていた。

しかも艦艇からの通信なので地上の状況がわからない。偵察機を飛ばせればよかったのだが、偵察機を搭載できるような大型艦は沈められてしまっていた。

状況をさらに混乱させたのは「日本軍がハワイに上陸してきた」というデマが、複数から寄せられたことだった。最終的に海底ケーブルは生きていたので、そうした情報がデマであることは明らかになった。

また海軍省は、現地の陸軍部隊経由で正確な情報を知ることができた。ただ残存部隊の把握や対応には、さらに日数を必要とした。

なにしろ日本軍は真珠湾だけでなく、ウェーク島やフィリピン方面でも侵攻を開始していた。アメリカ全体で見れば真珠湾はショックだが、それ以外にも対処すべき問題が多すぎた。

現地時間の一二月一二日に米太平洋艦隊はサンディエゴに置かれ、司令長官にはニミッツ中将が就任した。そして残存艦隊については、とりあえず西海岸に集結させた。

一方でニミッツ司令長官は、空母エンタープライズと空母レキシントンに対して、ハルゼー中将を長とする第一特別任務部隊（ＳＴＦ１：Ｓｐｅｃｉａｌ　Ｔａｓｋ　Ｆｏｒｃｅ１）を臨時編制し、ウェーク島防衛にあたらせた。

この段階で日本の大本営海軍部は、第一航空艦隊の編制を明らかにしていなかった。そのため、日本から真珠湾に至るまでに発見されていないことと損害の大きさから、空母は二隻から四隻と見積もられていた。

これは、太平洋艦隊司令部が石油タンク火災の影響で失われたことで、「日本軍の戦果の多くは石油タンク火災の副産物」という報告がなされていたからだった。

その被害報告は日本軍の能力を低く見積もりたいという願望の反映であり、後に、より正確なものに修正される。しかし、この時期のこの認識の歪《ゆが》みで、米海軍は高い代償を払うことになった。

一つの認知の歪みは他の歪みを連鎖させた。それは、日本海軍は停泊中の軍艦だから撃破できたのであり、活動中の軍艦は撃沈できないという意見である。

現実には真珠湾でも活動中の巡洋艦が沈められているが、混乱の中でそうした事実に耳を貸す人間は少ない。

さらにウェーク島での陸攻隊の爆撃と、それを空母エンタープライズの戦闘機隊がほぼ全滅させた事実が、真珠湾の悲劇はすべて奇襲を受けたからとさせた。

これには多分に、米太平洋艦隊の保身の意図も含まれていた。ただニミッツ司令長官も、意図して敵を過小評価したわけではなく、当時の海軍常識からそう判断したに過ぎない。

移動中の主力艦が航空機で撃沈できることは、戦艦プリンス・オブ・ウェールズや巡洋戦艦レパルスの撃沈で証明されるのであるが、そうした事例も太平洋艦隊の認識を修正するには至らなかった。

こうした認知の歪みから、ＳＴＦ１には重大な任務が委ねられていた。それはウェーク島の防衛のみならず、可能であれば真珠湾を襲撃した日本空母部隊を奇襲し、壊滅させることにあった。

もちろん、ウェーク島に日本艦隊が接近するという保証はない。しかし太平洋艦隊司令部は、その可能性が五〇パーセント以上あると考えていた。

理由は、真珠湾から最短コースで帰国しようとすれば、ウェーク島の近海を通過することと、ウェーク島への航空攻撃が失敗しているためだ。

空母エンタープライズの存在は知られているが、だからこそ敵は空母を一隻と考えるだろう。しかし、ＳＴＦ１には空母レキシントンもいる。さらにウェーク島も空母として活用できる。

そのために空母レキシントンは、ミッドウェー島に一度は輸送したＦ４Ｆ戦闘機の回収まで行った。ウェーク島の航空戦力を増強するためである。

米太平洋艦隊の目論見では、ウェーク島の空母が一隻だけと思い込み、敵空母が攻撃を仕掛けてきたら「空母三隻」で返り討ちにすることになる。奇襲を仕掛けるのが自分たちなら、日本艦隊は全滅するだろう。

それがこの時の米太平洋艦隊の作戦だった。ただ、状況は必ずしも楽観できない。信じがたいことだが、偵察機を護衛していた日本軍戦闘機が空母エンタープライズに機銃掃射をかけて、艦載機の一部を破壊してしまったという。

そのためせっかくミッドウェー島から呼び戻した戦闘機隊も増援にはならず、損失補塡でしかなかった。それでも決戦の準備は進んでいく。

2

空母レキシントンからは、夜明けとともに一二機のF４F戦闘機が発艦していった。

それらは真珠湾奇襲の直前に彼らがミッドウェー島の防衛のために輸送した一二機のF４F戦闘機であった。それらがいま、レキシントンを中継基地としてウェーク島に向かっている。

一二機のF４F戦闘機は、そのままウェーク島へ向かっていった。ウェーク島では、時間になれば誘導電波が出ることになっていた。時間になってもF４F戦闘機が到着しない場合の用心だが、シャーマン艦長は彼らなら問題なくウェーク島に行けると確信していた。

飛行機は迅速に移動できるが、空母となるとそうもいかない。空母エンタープライズとの邂逅《かいこう》だけならもう少し早く完了できるが、エンタープライズはウェーク島を防衛しなければならない関係で、そう遠くには移動できない。

邂逅となると、レキシントンのほうがエンタープライズに接近せねばならない。

しかも日本軍に存在を知られないように、いまはレーダーさえ切っている。

レーダーを切っていてもエンタープライズのレーダーは作動している。これは空母一隻と相手に信じ込ませる意味もある。

ただシャーマン艦長が懸念するのは、破竹の勢いで南方を侵攻している日本軍が、ウェーク島の攻撃に関してはなぜか沈黙を守っていることだった。

沈黙といっても、まだ四、五日である。しかし、偵察機すら飛んでこないというのは問題だ。

「ルオットの戦力は枯渇《こかつ》したのではないでしょうか」

それがレキシントンの飛行長の意見であった。

「あの三〇機ほどの爆撃機が、日本軍の全戦力だというのか」

「おそらく。日本はすでにアジア全域で軍を展開しています。だとすれば国力を考えたなら、すでに限界でも不思議はありません」

「なるほどな」

飛行長の意見は、シャーマン艦長にも納得できるものだった。しかし戦力の枯渇という点では、じつは自分たちも同様という思いはある。

真珠湾を失い、主力艦は空母のみだ。太平洋艦隊には現時点で三隻。大西洋艦隊から戻せばもう少し増えるが、いまの時点では三隻しかない。

サラトガは西海岸にあり、残り二隻がウェーク島周辺に集結しつつある。だからこそ、この二隻を有効に活用しなければならぬ。

空母エンタープライズからは短い無線通信がなされ、それにしたがい空母レキシントンは集結すべく向かっている。

空母レキシントンは護衛戦力としてシカゴ、ポートランド、アストリアの三隻の巡洋艦の他に駆逐艦五隻を伴っている。エンタープライズの戦力と合わせれば、空母二隻、巡洋艦六隻、駆逐艦一四隻の堂々たる艦隊となる。

「作戦としては、敵空母が四隻の想定で奇襲をかける。撃沈する必要は必ずしもない。飛行甲板を潰し、航空機の離発着を不能にすればいい。あとは二〇隻の巡洋艦・駆逐艦で始末できるだろう」

それがハルゼー長官の作戦の骨子だった。ウェーク島も空母に使えるとしても、そこには戦闘機しか展開していない。

攻撃機の数は敵艦隊に対して十分とは言えない。敵空母の数は四隻以下と思われるが、それにしても撃沈できる数は限られよう。

ハルゼー長官は勇敢な人間であったが、馬鹿ではない。自分たちの戦力を十分に考え、なおかつその保全にも注意していた。真珠湾奇襲以降、自分らの戦力はアメリカの国運を左右しかねない存在なのだ。

だからこそ攻撃は飛行甲板の爆撃に絞り、空母そのものの攻撃は巡洋艦と駆逐艦に委ねたのだ。

「我々の働き次第で、この戦争は短期間で終わるはずだ」

3

「討ち漏らした空母がウェーク島にいたとはな」

南雲《なぐも》司令長官にとって、井上司令長官からの増援要請は渡りに船だった。

空母が海軍にとって恐るべき存在であることが自身の手により明らかになったいま、その空母を討ち漏らしたことは、最大の痛恨事だった。

ウェーク島を攻略できないことについて、第一航空艦隊の中には井上采配を揶揄《やゆ》するものもいたが、南雲はそうした幕僚を叱責していた。

第四艦隊の戦力は陸攻隊があったにせよ、けっして強力なものではない。空母はもとより大型正規軍艦を彼らは持っていないのだ。

実質的な戦力と言えるのは陸攻隊だけだが、戦闘機なしの陸攻隊が脆弱《ぜいじゃく》なのは日華事変でも明らかだ。ましてや空母がいたとなれば、なおさらだ。

ただ第四艦隊のことは置いても、空母エンタープライズの存在は南雲にとって朗報でもあった。

こちらは空母六隻、あちらは空母一隻。ならば戦えば鎧袖一触《がいしゅういっしょく》で敵空母を撃沈できるだろう。

わかっている範囲で、米太平洋艦隊の空母戦力は三隻であるから、その一隻を撃破できれば、その後の戦局がまるで違ってくる。

「第四艦隊のウェーク島攻略の支援を行おうと思う」

南雲司令長官の決断に異を唱えるものはいなかったが、航空参謀の源田が長官に質《ただ》す。

「一航艦が四艦隊を支援するのはよいとして、空母一隻に全戦力を投入するのは、かえって難しくありませんか」

源田は、ウェーク島のような小島で必要以上の航空機を投入しても戦力の過剰となり、遊兵化すると言うのだ。

島でなくとも、空母エンタープライズでも同じだ。一隻の空母のために六隻分の航空機は過剰である。

「適正な戦力というならば、一個航空戦隊が適当でしょう」

「一対二の戦力か」

確かに防戦する戦闘機群に一隻があたっても、残り一隻分が攻撃に戦力を傾注できる。空母一隻を沈めるには十分な戦力だ。

「だが、どの二隻を四艦隊の支援に向かわせるのだ？　サイコロでも振って決めるのか」

それに対する源田の回答は明快だった。

「五航戦がよろしいでしょう。彼らは新編されたばかりで経験が乏しい。敵空母撃破は、彼らにとって得るところも大きいはずです」

しかし、源田案には参謀長らから異論が出た。

「空母撃滅とは言いますが、海軍史を見るならば、これは史上初の空母と空母の戦闘になります。まさに歴史的な事件です。そうした重要事に五航戦は適切でしょうか」

「参謀長はそうおっしゃるが、それを言えば真珠湾攻撃こそ海軍史に残る快挙である。五航戦はそれを他の航空戦隊と共に戦った。五航戦で不都合はないと思うがいかがか？」

「航空参謀の意見が正しいなら、それこそ経験不足を理由に五航戦をあえて敵空母にぶつける必要もなかろう」

議論は第一航空戦隊、第二航空戦隊、第五航空戦隊のいずれを差し向けるかという単純な話のはずであったが、いつのまにか五航戦の是非という議論になっていた。

結局それは、源田に対する感情的反発が招いたものだろう。とはいえ、それは南雲自身が招いたことでもある。

そして南雲司令長官も、ここで仲裁が必要と考えた。

「参謀長、君の意見は五航戦を派遣する理由は特にないというものだと思うが、それでは五航戦を出さなくてもいい理由も特にないのではないか」

「はぁ……」

そう言われては、参謀長も否定できない。出発点は感情的な反発なのだから、そこを突かれては反論できない。

「ウェーク島の支援には五航戦を出す。新鋭の大型空母であれば、鎧袖一触で敵空母を撃破できるだろう」

こうして第一航空艦隊から第五航空戦隊が分離されるのであった。

4

第四艦隊には、第二六潜水隊と第二七潜水隊が付属していた。二個潜水隊というとかなり強力な戦力を連想するが、じっさいにはそれほどの戦力ではない。二個潜水隊には合計六隻の潜水艦が所属しているが、いずれも旧式の呂号六〇型潜水艦であった。

五三センチ発射管六門はそこそこ強力であるが、安全潜航深度は六〇メートルしかない。水上速力も一六ノット弱であり、沿岸防衛には有効としても外洋で敵艦隊を攻撃するのに向いているとは思えなかった。

じっさい第一次世界大戦後にドイツの戦利潜水艦を研究するまで、この呂号潜水艦は日本の潜水艦技術を習得するための存在という側面が強かった。実用性がないわけではないが、完成度にはまだ不十分な点が多かったわけだ。

その呂号潜水艦が第四艦隊に付属していた。ウェーク島攻略にも六隻の潜水艦は参加していたが、正直、なすべき任務はなかった。

敵部隊の接近に備えるためというのは確かだが、現実的なことを考えれば、彼らが敵艦と遭遇する可能性は低かった。

最大の理由は、六隻の潜水艦のうち配置につけた艦がほぼいなかったためだ。

直前の演習が開戦二日前という状況で、潜水艦の配置が決まったのも直前であり、なおかつ最大速力が一六ノットとはいえ、機関トラブルなどで一〇ノットも出ない艦も珍しくない。

ただ第四艦隊司令部も、そうした状況は把握していたらしい。戦闘序列について、艦隊司令部から特に何かを言われることはなかった。

命令を出さねばならないから出すが、その命令が実行不能であることを、命令する側も受ける側もわかっているという格好だ。

第二六潜水隊所属の呂号第六〇潜水艦の富樫《とがし》潜水艦長にとって、このことは自分らの立場を表しているように思えた。

つまり、自分たちは戦力としてあまり期待されていない。それに対する憤《いきどお》りは富樫潜水艦長にはなかった。呂号潜水艦の能力を考えれば、仕方がないと言える。

もちろん、それは乗員の能力という話とは異なる。最高速力一六ノットの潜水艦は、乗員が努力したとしても一六ノットしか出ない。潜水艦の性能を乗員の技量で補うにも限度はあるのだ。

ただ呂号潜水艦でも運用さえ正しければ、結果は出せる。それは富樫潜水艦長も確信している。今回のウェーク島攻略は、その適切な運用の場ではないと思うだけである。

そういうわけで開戦当初は髀肉《ひにく》の嘆《たん》をかこっていた富樫潜水艦長だったが、翌日から状況は急展開する。

「敵空母を探せか……」

真珠湾の大戦果は彼らの耳にも入っている。米太平洋艦隊の虎の子は、すでに空母しかない。その空母を撃沈できるなら、戦局は決定的に日本側に傾くことになるだろう。

敵空母の発見と撃沈なら可能ではないか？　富樫潜水艦長は思う。

主力艦や巡洋艦を多数沈められた米太平洋艦隊なら、空母の護衛もそれほど多くないはずだ。ならば戦い方次第で、面白い勝負は可能であろう。

この時、呂号第六〇潜水艦の戦闘序列はウェーク島の北方海域だった。ただ哨戒区域については、比較的自由に任されていた。

当初設定した位置につくのが無理なのだから、領域で自由裁量を認めるほうが現実的なのだ。

呂号第六〇潜水艦は乗員たちの士気も高く、空母を求めて哨戒を続けていた。

「左舷方向に黒点一！　敵機と思われる！」

その報告に見張員たちは緊張した。すぐに敵機であることが確認され、潜水艦は急速潜航にかかる。

飛行機は潜水艦の直上を通過するわけでもなく、斜め前方を横切るようなコースで進んでいるらしい。

富樫潜水艦長は潜望鏡深度から、潜望鏡越しに問題の飛行機を監視する。広域の昼間潜望鏡にはある程度の上空見張りの機能もある。それでも双眼望遠鏡とは異なり、飛行機は捉えられたが、形式については大雑把に判断するよりなかった。

それでも複座機らしいことはわかった。爆弾は吊り下げておらず、そう考えると哨戒任務についているのかもしれない。

「あれが空母艦載機か」

あの飛行機が飛んできた方向に空母エンタープライズがいるのだろう。空母エンタープライズは毒蛇戦闘機をしたがえた陸攻が一回接触できただけだった。

空母の隠れ方が巧妙なのか、その後、空母の姿は確認されていないが、ウェーク島への偵察を行おうとすれば迎撃戦闘機が現れていた。

だから空母はいるのだろうと判断されている。じっさいウェーク島は、いまも米軍の領土であり続けている。

呂号第六〇潜水艦は浮上してから、空母がいるらしい方位に針路を取る。現時点で戦局が膠着《こうちゃく》しているのは、ルオット島の千歳空に増援がなされていないためだ。

なるほどウェーク島は戦略的な要衝ではあるが、真珠湾の基地機能が失われた現状では、その戦略的価値は激減していた。

占領すべき土地ではあるが、いますぐ多大な労力を費やして占領するような土地ではない。

そしてフィリピン攻略やマレー半島侵攻で、航空戦力の重要性はいままで以上に強まっている。

一言でいえば、フィリピンやマレー半島を占領すれば日本には資源的なプラスが期待できるが、ウェーク島を占領しても資源的にはなに一つ得られるものはないのだ。

ただ米空母部隊も防戦一方で、攻勢には出ていない。ルオットの日本軍を米空母が攻撃してくることもなかった。

あくまでもウェーク島の防衛に彼らは徹しているようだった。サンディエゴに戻っているという報告もないからだ。

そうまでしてウェーク島に固執する理由は富樫潜水艦長にもわからないが、米軍には米軍なりの理由があるのだろう。

呂号第六〇潜水艦はそのまま数時間航行する。そうして見張員が何かのマストを発見する。

「あれは巡洋艦のマストの先端ではないか」

水平線の先に針のようなものが見えるだけだが、おそらくは巡洋艦ではなかろうか。

彼がそう考えたのは、空母と行動を共にする護衛艦艇としては巡洋艦と駆逐艦が考えられるが、巡洋艦よりも駆逐艦のほうが数は多いはずだ。

だから、これが駆逐艦ならマストは他にも見えなければおかしいが、いまのところマストは他に見えない。

むろん艦隊の陣形や潜水艦との位置関係でこうしたものは変化するが、それでも一隻しか見えないというのは、それが巡洋艦、おそらくは重巡洋艦であることを示していよう。

富樫潜水艦長は、ここで具体的な敵艦隊のことを考える。敵海軍は空母一隻に、どの程度の護衛をつけるであろうか？

空母は高速だから護衛に使えるのは巡洋艦・駆逐艦しかない。じっさい真珠湾の戦艦は、ほぼすべてが在泊していた。

艦隊が行動するなら同型艦で揃えるほうが有利だから、巡洋艦の数は偶数。しかし、平時の活動に巡洋艦四隻は考えにくいから、敵艦隊の巡洋艦の数は二隻となる。

巡洋艦二隻であれば、駆逐艦も偶数なら最低でも四隻となろう。実際には六隻程度か。そうなると空母の周囲には巡洋艦二隻に駆逐艦六隻がいることになる。護衛艦隊の数は八隻だ。

妥当な数字と富樫は思うが、攻撃を仕掛けるとなると、八隻というのはなかなか厳しい数字だ。

開戦劈頭《へきとう》で奇襲するなら八隻でも怖くないが、真珠湾以降、空母の重要性は米海軍も認識しているだろう。しかもいまは戦時である。敵艦隊が神経質なまでに空母を守ろうと考えるのは常識の範疇《はんちゅう》だろう。

富樫潜水艦長は迷う。空母を仕留められれば最善だが、空母に接近できないなら巡洋艦か何かに目標を変えるべきなのかもしれない。

最新の伊号潜水艦などは安全深度が一〇〇メートルもあるが、自分たちの潜水艦は六〇メートルしかない。しかもそれは竣工時の数字であり、すでに老朽化している現状では五〇メートル以内と考えるべきだろう。

五〇メートルと一〇〇メートルでは、敵の攻撃を受けた時のダメージがまるで違う。それどころか、水深五〇メートルでは気象条件さえよければ、海上から潜水艦を発見することとさえできてしまう。

さすがにそれは気象条件その他、稀な状況が組み合わされなければ起こらないが、それでも見えるかどうか、潜水艦の側では確認できないのだ。

富樫潜水艦長はマストの姿を頼りに、ともかく敵に接近する。何をどう攻撃するかは、相手の陣容がはっきりしてからでも遅くない。

ただ、敵艦隊との接近は容易ではなかった。相手は一四、五ノットで進んでおり、呂号第六〇潜水艦はやっと一六ノットを出せるかどうかだ。

ほとんど夕刻という頃になって、やっと敵艦隊がはっきりと見えてきた。

「確かにあれは空母だ！」

富樫潜水艦長は双眼望遠鏡の中に空母の姿を捉えた。米艦隊は巡洋艦三隻を笠形陣形で空母に先行させ、空母の後ろを四、五隻の駆逐艦が移動しているように見えた。

富樫潜水艦長の敵護衛艦艇の隻数見積もりとは違っていたが、傾向そのものは間違っていない。

空母は真横をさらしており、攻撃は可能だろう。ただ富樫潜水艦長は、敵空母の姿に違和感を覚えていた。

それは、陸攻隊はエンタープライズ級空母を確認し、写真まで撮影したというのに、彼が見ているのはどう考えてもレキシントン級であるからだ。

空母などどれもよく似ているので区別が難しい面はある。しかし、レキシントン級空母だけは間違いようがない。

日本も含め、各国海軍の空母運用は試行錯誤を繰り返してきた。第一航空艦隊が攻撃兵器としての空母の威力を見せつけたが、それはむしろ例外に近い。

アメリカの空母ラングレーはユトランド沖海戦で、巨大化しすぎた艦隊同士のぶつかり合いで司令官が全体を掌握できず、艦隊指揮が困難になった反省から研究された。

空母の偵察機が上空から艦隊の全貌を観測し、それを旗艦に伝達することで、巨大艦隊を合理的に指揮しようとしたのである。ちなみに、空母ラングレーによる艦隊指揮の研究の中心人物の一人が、米太平洋艦隊のニミッツ司令長官その人だった。

これ以外の空母の用途とは、基本的に偵察だった。偵察巡洋艦の延長の運用で、空母が敵地に接近し、その艦載機が敵情を偵察する。この時期は飛行機も複葉機で、エンジンも非力であり、航空機で主力艦を仕留めるなど夢物語だった。

この偵察巡洋艦的な空母の時代、空母には巡洋艦の主砲と同等の火力を持たされるのが常だった。だから、日本初の空母である鳳翔は軽巡の主砲である一四センチ砲を搭載していたが、最新鋭の空母瑞鶴では一二・七センチ高角砲があるだけだ。

同じ論理で、空母レキシントンには重巡と同じ二〇センチ連装砲塔が二基装備されていた。敵巡洋艦との砲戦を想定したものだ。

さすがに米海軍も、こうした二〇センチ連装砲塔は時代錯誤と考え、撤去工事を準備していたが、その前に戦争になってしまった。

そのレキシントン級が富樫の視界の中にある。いくら航空機からの艦艇識別が難しいとはいえ、エンタープライズとレキシントンの識別くらいはできるだろう。

だとすると、米空母は一隻ではなく二隻いることになる。

富樫潜水艦長は、すぐにこの事実を報告しようかと思った。だがいま報告したところで、第四艦隊に攻撃手段はないに等しい。

それになにより発見の重要性を考えるなら、本当にレキシントンかどうかを確認する必要がある。ここにいる空母が一隻なのか二隻なのかというのは、この先の戦局を考える上で非常に重要だからだ。

接近を試みながら、富樫潜水艦長が迷っていたのは、正体はなんであれ、この空母を攻撃するかどうかということだ。

第四艦隊で数少ない敵艦隊を攻撃できる戦力といえば、自分たち潜水艦部隊しかない。そしてその潜水艦部隊で、いま攻撃を仕掛けられるのは自分たちだけだ。

だが、五〇メートルしか潜れない潜水艦で本当に空母を襲撃するのかと問われれば、やはり躊躇《ためら》わざるを得ない。

結論は先送りだ。攻撃するもしないも、まず接近を成功させてからの判断となる。

呂号第六〇潜水艦は、敵艦隊と同航状態で移動する。速力の優位はそれほどないから、そうやって間合いを詰めていくしかない。

潜水艦は浮上していたが、距離が離れているので発見される様子はなかった。じっさい艦隊の動きに変化はない。

同時に呂号第六〇潜水艦も、ある部分で身動きがとれない。接近して確認できるほどの速力がないのだ。先回りして攻撃するなど、現状ではほぼ不可能に近い。あれは空母レキシントンだという思いはあるのだが、確信という点ではやはり躊躇いがある。

だから突然の機銃掃射は、富樫潜水艦長にとってまさに青天の霹靂《へきれき》だった。二機の飛行機が迫っており、先頭のF4F戦闘機が艦橋付近に銃撃を仕掛けてくる。潜水艦の外殻は装甲板ではない。一二・七ミリ機銃の銃弾で貫通してしまう程度の強度しかない。

艦橋の将兵は銃撃で倒され、富樫潜水艦長も巻き込まれたため、一瞬だが潜水艦の指揮に空白が生まれた。

その間に後ろのSBD急降下爆撃機が潜水艦に爆弾を投下する。直撃ではなかったものの、至近距離での爆弾の爆発は、呂号潜水艦の耐圧殻も破壊した。潜水艦は予備浮力が少ない。そのため爆撃により一瞬で沈んでしまった。緊急無線を打つ暇さえない。

こうして空母二隻の存在を第四艦隊司令部は知ることなく終わってしまったのである。

5

「撃沈に成功したか」

シャーマン艦長は航空隊の報告に安堵した。自分たちの周辺に潜水艦がいるらしいことは、レーダーが数時間前から察知していた。

ただ空母レキシントンのレーダーの性能から、それが本当に潜水艦なのかどうかは判断しかねた。装備されているレーダーは最新の水上見張レーダーというわけでもなかったからだ。

潜水艦ならどこかに報告するはずだが、そうした無線通信も確認されていない。

さらにレーダーの潜水艦らしきものは、少しも接近する様子がなかった。同じ方向を同じ速度でついてくる。

仮にこれが潜水艦なら、もう少し積極的に動くのではないか。潜水艦にしては理解しがたい行動だった。

発見を警戒している可能性もあるが、だとしても潜水艦なのであるから、もっと芸のある追跡もできるはずだ。

偵察にはあまり向かない位置関係で、接近もしてこない。偵察機を飛ばすように無線で要請する様子もない。

レーダー手に確認すると、それはサイドローブか何かのダミー反応かもしれないと言う。機械的なノイズの類《たぐい》とシャーマン艦長は理解したが、なるほどそれなら潜水艦がちっとも接近してこないのもわかる。

駆逐艦を送って確認することも考えたが、これが本物の潜水艦で、駆逐艦に気がついて潜航してしまったらいささか厄介だ。

夕刻までこの状態が続いたが、潜水艦らしい艦影の位置関係は変わらない。シャーマン艦長はいささか焦りを覚えた。

深夜には空母エンタープライズと邂逅する予定になっている。そこに潜水艦を誘導するわけにはいかない。

シャーマン艦長は日が沈む前に、航空機でケリをつけることにした。もっと早くすべきだったのだ。

戦闘機と爆撃機を出し、レーダーで奇襲ができる位置関係で襲撃させた。そして、レーダーは本当に潜水艦を捉えていたことを知る。

この潜水艦の不可解な行動の理由はいまとなってはわからないが、彼らが自分たちのことを報告する前に撃沈できたのは幸いだった。

「もしかすると、我々がレキシントンだから奴らは何もしなかったのではないでしょうか」

「どういう意味だ、副長？」

「敵はエンタープライズの存在は知っています。我々と遭遇した時、奴らは我々をエンタープライズだと思ったでしょう。しかし、エンタープライズとは違うらしいと奴らは気がついた」

「その正体を確認するまでは報告しないことにしたというのか」

「日本軍の考えはわかりかねますが、空母が一隻か二隻かというのは大きな違いです。敵の艦長が、いい加減な報告はできないという完全主義者なら確証をつかむまで報告しないということはあり得るのでは？」

副長の意見は筋が通っているようにシャーマン艦長には思えた。確かに、いきなりウェーク島に空母二隻が集結するというのは信じがたい。それに空母が一隻と二隻では、対応策も違ってくる。どういう行動を起こすにせよ、「誤認でした」ではすまされまい。

「危ないところだったが、敵は空母一隻と思い込んでくれるだろう。作戦は続行だ」

6

「我が軍の物持ちのよさには感銘を覚えるな」

井上成美第四艦隊司令長官はそう言った。

千歳空に増援としてルオットに送られてきたのは、一〇機の攻撃機と戦闘機だった。

雷撃も爆撃も可能な大型機。それは九六式陸攻ではなく九五式陸攻である。これも陸海軍の航空機材統一化の中で生産された機体ではあるが、じつは中心となったのは井上が校長時代の練習航空隊においてである。

航空技術自立のための大型機開発能力の育成を視野に入れたものだ。より正確には、このあとに控える本命の九六式陸攻（陸軍では九七式重爆）開発のための基礎技術錬成の意味があった。

そのため練習航空隊が中心となり、陸海軍関係者を集結させたのである。さらに九六式陸攻が量産された時、すぐに部隊運用が可能なように機上作業練習機としての意味合いもあった。

九五式陸攻は九六式陸攻と比較すると、性能ではかなり見劣りしたが、練習航空隊の機上作業練習機としては十分な働きをしてくれた。

ただ九六式陸攻の量産が進み、さらに一式陸攻が開発されると、従来の機上作業練習機としての九五式陸攻は、ほぼその役割を終えた。

それでも国有財産であり、しかも生産数が少ないので一機三〇万円もする機体であるため、おいそれとスクラップにもできない。そのまま倉庫でほこりをかぶっていたらしいが、それがいまルオットに送られてきたのである。

井上としては、意外な場所で旧友と再会したようなものだ。しかし、その旧友は少なからず老いて衰えていた。とはいえ、井上もまたその旧友に頼らねばならない状況だったのだ。

これに比較すれば、戦闘機が一〇式戦闘機だったのは幸運といえよう。

九五式陸攻は六機、一〇式戦闘機は四機、合計一〇機である。これに毒蛇が一機加わり、稼働する九六式陸攻が二機あるので、総兵力は一三機となった。

井上にとっては、これはなかなか判断の難しい戦力だった。そこそこのことは可能な攻撃力であり、また護衛の戦闘機もあるので、一方的に撃破されることはないだろう。

しかし、それでも総兵力は一三機であり、空母を撃破するには心もとない。特に六機の九五式陸攻は、攻撃機というより教育機材なのである。

「ウェーク島を再度空襲する」

井上司令長官は、そう結論した。

敵空母を正面から攻撃できる戦力ではないが、ウェーク島を攻撃することはできる。空母艦載機が阻止しようとしても、戦闘機が守ってくれるだろう。

敵空母の登場で作戦に混乱は生じたものの、この作戦の目的はウェーク島を占領するところにあるのだ。

こうして深夜、ルオットから八機の陸攻と五機の戦闘機が飛び立った。ウェーク島には夜明けとともに突入するタイミングである。それには夜間に空母から発艦するのは困難だろうという読みも含まれていた。

幸か不幸か九五式陸攻は機上作業練習機であったため、無線通信や航法機材は充実していた。夜間飛行でも通信にも航法にも不安はない。

「ウェーク島まで一〇〇キロを切った。敵空母の迎撃があるとすればここからだ。各員警戒せよ」

指揮官が無線で隷下の航空機に注意を促す。

敵空母が何かの探知機を使っているらしいという噂は、ルオットの航空基地でも囁《ささや》かれていた。だから迎撃機は空母の探知機が飛行機を捉えてから出撃する。それは、おおむねウェーク島から一〇〇キロと言われていた。

どこまで根拠のある話かわからないが、何をするにせよ、目安となる指針は必要だろう。目安は後で修正できる。

だがウェーク島まで五〇キロとなり、三〇キロとなり、肉眼でもはっきり見えるほどになっても迎撃機は現れない。

それは恐るべき偶然の産物だった。空母エンタープライズは空母レキシントンとの邂逅を急ぎ、今日のこの時だけウェーク島北方に移動していたのである。つまり、戦爆連合の接近を察知するものはいない。

さらに米軍にとっての不幸は、空母が島の周辺にいないことを島の守備隊はまったく知らされていなかったことだ。

ハルゼーにしてみれば、日本軍の継戦能力に限界はあるのは明らかで、敵空母がやってくるまで空爆はないと考えていた。レキシントンとの邂逅を急いでも問題はない。それが彼の考えだった。

それにウェーク島を離れるのは一晩くらいだから、そのタイミングで変事は起こるまい。彼はそう考えたが、まさにそのタイミングで変事は起きたのだ。

こういう事情をウェーク島の守備隊は知らされていなかった。指揮系統の問題もあるし、空母が島を敵機から守るという単純な役割分担なら、あえて連絡を密に取る必要もない。

結果としてこの連絡の悪さは、空母がいないことと、それを守備隊が知らないことで、第四艦隊の奇襲攻撃を成功させる結果となった。

島に真っ先に飛び込んでいったのは毒蛇戦闘機だった。一三機の中で、これがいちばん高速であるからだ。そして武装も強力だ。

地上の施設破壊は、当初の計画では毒蛇戦闘機の任務としては考えられていなかった。あくまでも敵の迎撃機を強力な武装と速度で撃破することが期待されていたからだ。

迎撃機がないままにウェーク島に突っ込んでいった毒蛇戦闘機は、滑走路に並ぶ十数機のＦ４Ｆ戦闘機を見逃さなかった。この段階で彼らも敵襲に気がつき、迎撃機を飛ばそうとしたが遅かった。

毒蛇戦闘機はそれらのＦ４Ｆ戦闘機に次々と銃弾を叩き込み、地上破壊してしまう。それは完全破壊ではなかったとしても、離陸不能であれば脅威とはならない。

十数機のＦ４Ｆ戦闘機は銃弾を受け、あるものは炎上し、あるものは穴だらけとなった。

この時点で毒蛇戦闘機は二〇ミリ機銃弾を撃ち尽くしたが、それだけの戦果はあった。戦闘機が破壊されたウェーク島は大混乱だったが、そこに陸攻隊が爆撃を行う。

攻撃目標は上陸の支障となるであろう海岸の砲台などであった。機上作業練習機なので、速度と運動性能は「たしなむ程度」であったが、精密な爆撃を行うためのあれこれは妙に充実していた。

充実しているといっても一世代前の装備だが、それだって条件さえ揃えば精度は出せる。発煙筒を落とし、偏流を計測し、高度と速力を計算する。そうして爆弾が投下される。

砲台の破壊は小型爆弾をばらまくことで行われた。ウェーク島規模の砲台ならそれで十分との判断である。

じっさい十分だった。島の砲台の半分は、この爆撃で吹き飛んだ。対空火器も動き出したが、それらは一〇式戦闘機の機銃掃射で沈黙する。

こうして奇跡的な大成功のうちにウェーク島への攻撃は成功した。

7

「ウェーク島が奇襲を受けただと！」

ハルゼー長官にとって、それはまったくの想定外の出来事だった。なにより彼を当惑させたのは、レキシントンとの邂逅のためにウェーク島を離れたそのタイミングで、攻撃がなされたことである。

「潜水艦か何かで、我々は監視されていたのかもしれません」

ドミニク艦長の言葉にハルゼー長官は唸ることしかできなかった。

レキシントンからは敵潜水艦を撃沈したとの報告を受けていた。日本海軍がウェーク島周辺に潜水艦を配備するのはあり得る話だ。

ただそうだとして、どうして自分たちを雷撃しないのか？　それがハルゼーには謎だったが、ドミニク艦長はある仮説を立てていた。

「レキシントンが攻撃した潜水艦もそうですが、ウェーク島周辺の潜水艦は老朽艦しかないのではないでしょうか？　彼らが攻勢限界で飛行機の調達もおぼつかないなら、潜水艦も同様でしょう。二線級の潜水艦ゆえに、あえて空母には手を出さなかった」

「敵潜の目的は監視のみに限られているというのか」

「消極的に過ぎる気はいたしますが、現状を説明するとしたら、そう解釈するしかありません」

ハルゼー長官は考える。いささか納得しがたい状況だが、敵潜水艦は監視に徹しており、それゆえに撃沈されたものも出た。

しかし、潜水艦が自分たちを監視していたにもかかわらず、ウェーク島は攻撃されたということの意味は重要だ。

日本軍には本当に空母を攻撃する能力がないのだ。だが日本側が自分たちを監視し、攻撃を仕掛けてこないということは、真珠湾から帰還しようとしている空母部隊の支援を待っていることになるのではないか？

空母が始末するとわかっているからこそ、基地航空隊の脆弱な戦力はウェーク島の奇襲に向かった。

そして重要なのは、日本軍はいまだに米空母を一隻と考えていることだ。ならば敵は二隻の空母で十分と考えるだろう。日本軍とて無駄に戦力は投入しないはずだからだ。

ミッドウェー島からウェーク島に移動した戦闘機隊は全滅してしまったが、もともと戦闘機だけであり、対艦攻撃能力は期待できない。島の防衛だけを期待していたが、いまとなっては諦めるしかない。

それよりも自分たちの主目的は敵空母の撃沈にある。敵空母さえ撃沈すれば、ウェーク島の占領は免れよう。具体的には、どう攻めるか。

「まずレキシントンの駆逐艦と我々の駆逐艦で一四隻になる。このうちの六隻を対潜部隊として敵潜水艦の掃討を担当させる。残りは守りに徹するのだ」

対潜部隊を積極的に展開すれば、老朽潜水艦なら接近はできまい。ならば空母二隻であることはわからないはずだ。それがハルゼーの考えだった。

「それとレキシントンの第一次攻撃隊をウェーク島に移動し、そこから攻撃を仕掛ける。敵艦隊への攻撃終了後、それらはレキシントンに戻ればいい。

日本軍がウェーク島に殺到した時、我々が防備の手薄な敵艦隊を攻撃する。それで勝負はつくだろう」

8

五航戦は予定通り駆逐艦二隻を伴い、第一航空艦隊と分離し、ウェーク島に向かっていた。

「ウェーク島の基地への奇襲は成功だったそうです」

通信参謀の報告に原司令官は軽くうなずいた。旧式の陸攻部隊が島を奇襲し、十数機の戦闘機隊を全滅させた。

それは確かに戦果とは言えよう。しかし、原司令官には疑問点があった。

「どうして敵は空母の戦闘機をウェーク島に移動したのか」

最初の千歳空の攻撃で、ウェーク島本来の航空戦力は駆逐されたのだ。それに対して第二波の攻撃を、敵のエンタープライズ級空母が阻止した。

エンタープライズ級空母はウェーク島周辺を遊弋《ゆうよく》していると思われた。今回の奇襲成功は、夜明け前の一瞬の隙を突いたことによる成功だろう。

ならば、どうして島に飛行機を移したのか？　何かあったら、空母から迎撃機を出せばよかったではないのか？

それともウェーク島から離れられるように戦闘機を移動させたのか？

どうも空母から島に戦闘機を移動させるという行為は不自然に思える。

「敵空母を攻撃しやすくなりましたな。空母は一隻で、戦闘機を半数は失ったわけですから」

先任参謀はそう言って笑うが、そこも原の合点がいかないところだ。この状況なら、空母はこの海域から逃げるのではないか？

「どうもこの状況、気にいらん」

第三章　空母戦

1

ウェーク島の将兵はろくに眠っていなかった。昼夜をたがわず、滑走路の復旧に邁進していたためだ。

二度にわたる爆撃で、ウェーク島の飛行場は壊滅的ではないとしても甚大な損害を被《こうむ》っていた。それでも燃料と銃弾、爆弾をかき集めれば、一回の攻撃が可能な量は確保できた。

ただし補給がなければ、二回目の攻撃はあり得ない。はっきり言えば、ウェーク島の将兵は窮乏状態にあったと言っても間違いではなかった。

そうして回復した滑走路に、三〇機ばかりの戦爆連合が降り立った。それらはすべて空母エンタープライズの艦載機だった。日本海軍に空母一隻と思わせるためだ。

三〇機の戦爆連合の準備は、ほぼ整った。報告を受けたハルゼー長官は時計を見ながら思う。

「真珠湾から最短距離で来るなら、今日明日が勝負だ」

2

この作戦で疲労困憊《こんぱい》の米軍将兵は、ウェーク島の将兵だけではなかった。作戦を実行するにあたってミッドウェー島からカタリナ飛行艇が一機、呼ばれていた。

日本軍空母部隊の接近を探るというのが彼らの理解している自分たちの任務だが、ハルゼー長官の思惑としては敵を挑発するという意味もある。

ともかく日本軍に先制攻撃をかけるためにも、先に敵の位置を探さねばならぬ。そのための飛行艇だ。

ハルゼーとしては、もう少し投入したかったが、ミッドウェー側がそれに難色を示した。敵機動部隊は北太平洋を航行した可能性があり、帰路に自分たちも襲撃されるかもしれないと言われれば、必要以上にミッドウェー島からの戦力移動はできない。

　空母艦載機で索敵を行うのが通常だが、ハルゼーとしては奇襲のために温存しておきたい。エンタープライズの攻撃機はこれ以上減らせないし、レキシントンは存在すら知られては困る。

　結果として不本意ではあるが、カタリナ飛行艇に長時間飛び回ってもらうことになった。

「日本軍がレーダーで我々を察知したら、奴らから仕掛けてくるだろうさ」

　ハルゼー長官は、なお楽観的であった。

　一方の飛行艇の乗員たちは、それほど楽観的ではなかった。作戦の成否がどうというのではなく、自分たちが疲弊していたためだ。

　もちろん食事も休養もとってはいるが、ミッドウェー島からノンストップで飛んできての任務であり、けっして十分とは言えなかった。

　しかも探すのは敵空母である。乗員にとっては「死にに行け」と言われているに等しい。

　現実にはそう単純なものではないにせよ、当事者の主観ではそんなものである。

　ある意味で、彼らの規律は弛緩《しかん》していたと言えるかもしれない。意図的なものではなく疲労からくるものだ。

しかし、その気負いのなさがよかったのだろうか。彼らは海上に色の違う海水の線を認めた。

スクリューが海水をかき乱し、周囲と密度の異なる領域ができる。それは光の反射率がわずかに違うので、筋として認められるのだ。

それでも単純な色の違いだけなら見逃してしまうだろうが、直線という自然界ではほとんどない形状は、非常に目立つ存在なのである。

それが、どちらに向いているのかまではわからない。ただウェーク島に接近する方向に敵艦隊はいるものと、彼らは判断した。

そして、彼らは二隻の空母と二隻の駆逐艦の姿を認めた。総勢四隻。それが日本軍部隊の全勢力だ。

カタリナ飛行艇はそのまましばらく空母の周辺を飛んでいたが、迎撃機は現れない。むしろ自分たちの存在を誇示しているようにさえ思えた。

それでもしばらくして戦闘機が発艦し、彼らに迫ってきたのでカタリナ飛行艇は退避した。

「奴ら、自分たちの戦力に絶対の自信があるようだな」

3

「敵戦爆連合の攻撃に備えよ！」

迎撃戦闘機隊と空母や駆逐艦の対空火器に檄《げき》が飛ぶ。原司令官はカタリナ飛行艇に自分たちが発見されたことで、すぐに手を打った。

直衛機を発進させて周囲の警戒にあたらせる一方で、対空火器も戦闘準備に入らせる。

「ウェーク島の敵部隊は四艦隊が壊滅させた。空母がまだいるなら、早晩、攻撃を仕掛けてくるだろう」

原司令官はそう考えていた。ただ原司令官は、米空母が本当にまだいるのかどうか懐疑的だった。

もし空母がいるなら、どうしてウェーク島は奇襲を許してしまったのか？　それがわからない。

原司令官自身は、敵空母がすでにいない可能性を考えていた。ウェーク島に一航艦が接近すれば、最悪六対一で戦うことになる。そんな危険を冒す真似はしないだろう。

じっさいにはここにいるのは五航戦の二隻だけだが、相手が一隻では攻撃を仕掛けてくるのは自殺行為だろう。もっとも、彼らには彼らなりの勝算があるのかもしれないが。

「敵空母を叩くには索敵機の必要がありますが？」

先任参謀の意見は原司令官にも妥当なものと思われた。彼はすぐに第四艦隊に対して、索敵を依頼する。

偵察なら九五式陸攻のほうが向いているからだ。それに先が読めない中では、自分たちの戦力は温存したいという思いもある。

そうしてルオットから再び陸攻隊が出撃した。

4

「自分も出撃するのですか」

岸本中尉は意外な申し出に当惑した。

「陸攻の一機が故障で出動できない。穴を埋められるのは毒蛇だけなんだ。航続距離もあるし、もともと偵察機だろ？」

そう言われては返す言葉もない。話には驚いたが、別に出撃を拒否しようというわけでもないのだ。

マウントはカメラではなく二〇ミリ機銃のままだったが、敵空母の発見に関してカメラは不要だろう。

それよりも岸本は、空母ではなくルオットの航空隊が索敵を担当することに違和感を覚えていた。一〇〇〇キロ離れているところから索敵機を飛ばさなくてもいいだろうと思うのだ。

空母で索敵も完結すれば、そのほうが合理的である。

だが、ルオットの指揮官はそうは考えていなかった。九五式陸攻は機上作業練習機なので低速であるが、滞空時間はじつは九六式陸攻より長い。結果として索敵範囲も広い。そこが九六式は使わず九五式だけで行う理由の一つだ。

毒蛇に索敵を命じたのは、ルオットとしては海戦に備えて九六式陸攻を温存したいということらしい。

毒蛇は確かに増槽をつけるなら陸攻の護衛も可能な長距離飛行機でもある。偵察もできるわけだ。

零戦の補充もない中で、ルオットの司令官らも一機しかない毒蛇を使いあぐねていたことになる。

こうして岸本中尉は毒蛇で出撃する。指示された領域は索敵線の端のほうだった。雲量は意外にあり、それが岸本の懸念だった。これでは空母を見逃してしまうかもしれない。

だが、岸本は雲の隙間から飛行艇の姿を認めた。米軍のカタリナ飛行艇だ。そう、五航戦を発見した奴だろう。

――ウェーク島に向かうのではないのか？

それが意外だった。飛行艇は北上していたが、その延長にウェーク島はなく、考えられるとしたら敵艦隊だろう。

飛行艇は毒蛇に気がついていない。岸本は雲中から飛行艇に向けて、一気に機銃掃射を仕掛ける。

カタリナ飛行艇はこの機銃掃射でたちまち撃墜されてしまった。緊急電を打つ暇さえなかっただろう。

岸本中尉は、ここで賭けに出た。あの飛行艇と同じ針路と速度で飛び続けることにしたのだ。

おそらくあの飛行艇は燃料補給を目的としていたのではないか？　ならばこのまま飛び続ければ、敵艦隊と遭遇するはずだ。

岸本中尉は飛び続けた。果たして前方の雲の間から突然、空母が現れた。それは想定内のことだった。

想定外なのは、その空母がエンタープライズではなく、レキシントン級空母であることだ。

過日、空母エンタープライズの飛行甲板に機銃掃射を仕掛けたのは、ほかならぬ岸本中尉だ。だから空母の見間違いなどではない。

岸本中尉はそのまま雲に隠れながら空母部隊を追尾する。しかし、ぐずぐずしてはいられない。燃料は帰還の分しかない。

断腸の思いで岸本は空母から離れる。空母レキシントンは彼に気がつかないようだった。

じっさいは空母レキシントンのレーダーは、毒蛇戦闘機を捉えていた。しかし、カタリナ飛行艇のやってくる方位から単機で現れたため、レーダー室は予定通りの出現と判断して、何も対応しなかったのだ。

彼らがやったのは、燃料補給を行う手はずの巡洋艦にそれを告げるだけだった。

それ以上のことは行わなかった。

そして悪いことに、レーダー手は直の時間が終わり、他の人間と交代する。申し送りで給油予定の飛行艇のことを告げたのだが、それ以上の詳細は伝えなかった。

前の直の人間は飛行艇と信じ切っているし、次の直の人間も、そう申し送りされたなら、疑う理由はない。

いざレーダーの前に座ってみると、空母に接近するのではなく、離れていく機影が一つあるだけだ。これに対してレーダー手は飛行艇が給油を終えて帰還すると判断したが、誰にもそれを確認しなかった。

こうして致命的な錯誤が空母レキシントンに起きたのであった。

5

「離陸開始！」

カタリナ飛行艇が五航戦の空母を発見したとの報告に、すぐにウェーク島からは三〇機あまりの戦爆連合が出撃する。

ハルゼー中将にとって、ここまではすべて計画通りだ。ウェーク島からの攻撃に、敵は空母部隊がこの周辺にいるものとして攻撃隊を出すだろう。

しかし、空母エンタープライズはすでにウェーク島から離れている。空母レキシントンとやや距離をおいた場所を航行している。距離をおいているのは、二隻のレーダーを効率的に使って広範囲の警戒網を作るためだ。

いまのところ、エンタープライズのレーダーもレキシントンのレーダーも不審な動きは捕捉していない。

「日本軍のレーダーの性能は、どの程度だと思う?」

ハルゼーからそう尋ねられたドミニク艦長は、自分の考えを述べた。

「いささか信じがたいのですが、状況から判断して、たぶん我々と同水準のレーダーを装備しているはずです」

「やはりな」

ハルゼーもうなずく。

真珠湾奇襲やその他の日本軍の行動は破竹だが、それには彼らもまたレーダーを用いているとしか思えないものが多い。

フィリピンでも天候の急変があったのに、日本軍は絶妙のタイミングで飛行場を襲撃し、マニラ周辺の米軍航空隊は壊滅した。

そもそも真珠湾攻撃自体が、レーダーがなければ成功するとは思えない作戦ではないか。冬の北太平洋の濃霧を大艦隊が無事故で航行するなど、レーダーなしでは考えられない。

また太平洋を移動する船舶の数を考えるなら、それらの一隻も日本艦隊と接触しなかったなど、レーダー抜きでできる芸当ではない。

「先日のウェーク島での奇襲攻撃も、周囲に空母がいないことを確認できたからこそ成功したのではないでしょうか」

「そう考えるのが妥当だろうな」

第一次攻撃隊の三〇機で五航戦を全滅させられるなどとは、ハルゼーとて考えていない。

第一次攻撃で瑞鶴を集中して攻撃すれば、離発着不能になる。そして、翔鶴がウェーク島に攻撃隊を出せば、レキシントンとエンタープライズでそれらを仕留めればいい。

空母エンタープライズのレーダーが、かろうじてウェーク島から戦爆連合が出撃したことを察知する。

「真珠湾では日本軍に多くの点を許したが、今度はこちらがスコアボードに点を刻む番だ！」

ハルゼー長官は勝利を確信していた。

6

ウェーク島から発進した空母エンタープライズの戦爆連合三〇機を発見したのは、空母瑞鶴の直衛機だった。

「敵戦爆連合接近中、総数三〇機！」

直衛機からの報告で空母瑞鶴と翔鶴からは、すぐに迎撃のために零戦が発艦し、直衛機はそのまま敵の攻撃機に突っ込んでいく。

戦爆連合の指揮官は、日本軍機からの迎撃戦闘は予想していた。だが、迎撃の前提が違っていた。

彼らは日本軍にも自分たちと同様のレーダーがあると考えていた。だから迎撃機は、自分たちを待ち伏せるものと予想していた。

そのため戦爆連合はＳＢＤ急降下爆撃機を中心に編隊を組んでいた。この時期の米海軍航空隊はＳＢＤ急降下爆撃機を準戦闘機的な存在と考えており、対空火器で日本軍機を迎え撃とうとしていたのである。

レーダーの識別圏から逆算し、攻撃を仕掛けてくるであろう時間と、待ち伏せした場合に攻撃をかけてくるはずの方位を警戒していた。

ところが、彼らが考えていたよりも遠距離から、しかも一機、二機という単位で零戦は攻撃を仕掛けてきた。本来なら集団で攻撃を仕掛けてくるはずなのに。

直衛機は一瞬でSBD急降下爆撃機の編隊の弱点を見抜き、編隊の翼端機に一連射を浴びせて通過する。

SBD急降下爆撃機は銃撃を受けてパイロットが即死したため、そのまま機体は海中に激突していった。

何が起きたかわからない間に、さらに一機のSBD急降下爆撃機が別の直衛機により撃墜された。

「敵戦闘機！」

戦爆連合の指揮官は無線でそう叫ぶが、この時点でもまだF4F戦闘機隊の将兵は、日本軍機は集団で攻撃をかけてくると思っていた。

それが、どこからか現れた二機により友軍機が撃墜されたことに、彼らはまず敵本隊を探すことに忙殺される。むろん、そんなものはいない。

そして彼らが零戦の姿を見た時、指揮官は致命的な間違いを犯した。

「日本軍はメッサーシュミットで我々を攻撃している！」

開戦から数日しか経過していないこともあり、米軍の日本軍機に対する知識は一部を除けば著《いちじる》しく低い。

日本軍機が練習航空隊の創設以降、液冷式の統制エンジンの採用と機種の集約化を進めていることを彼らは知らない。

液冷エンジン搭載の零戦の姿に、彼らはそれを日本の同盟国であるドイツから提供されたメッサーシュミットＢｆ１０９戦闘機だと思い込んだ。

Ｂｆ１０９を艦載機にするかどうかというような冷静な視点は、そこにはない。いわば条件反射的な叫びだ。

後の戦争を通して、米陸海軍における「日本軍機はドイツ製」という伝説が登場するのは、いくつもの戦場で連合国軍将兵が正面から日本軍機と相対した結果であった。

Ｆ４Ｆ戦闘機隊の指揮官は襲撃してきた二機よりも、それらが属している「本隊」を探す。

最初の二機の動きが明らかに待ち伏せによる奇襲に見えたことで、指揮官は敵に裏をかかれたとの焦りから、存在しない戦闘機集団を探していたのだ。

さすがにそれは三〇秒程度のことだったが、戦爆連合にとっては致命的だった。戦闘機隊が出遅れている間に二機の零戦は、さらに二機のSBD急降下爆撃機を撃墜していた。

SBD急降下爆撃機隊の指揮官は散開を命じる。それはSBD急降下爆撃機の視点では理にかなっていたかもしれないが、戦爆連合全体では、F4F戦闘機隊は守るべき対象が分散する結果となった。

一部のF4F戦闘機は直衛機を攻撃しようとしたが、速力と上昇力で零戦はF4F戦闘機を圧倒した。F4F戦闘機はすぐに後方を取られ、二〇ミリ機銃により撃墜されてしまう。

ただ零戦の側も、ここで二〇ミリ機銃の弾が切れ、そこからは七・七ミリ機銃だけでの戦闘となった。

しかし、この頃になると増援の零戦隊が到達する。戦爆連合にとっては最悪のタイミングであった。

密集していれば相互に火力支援が期待できたが、散開するとSBD急降下爆撃機は単機で自分を守らねばならない。

爆撃機で戦闘機の攻撃をかわそうとするには最初から無理があった。ＳＢＤ急降下爆撃機は次々と撃墜されていく。

エンタープライズの第一次攻撃隊は、空母から島に移動する関係で雷撃機は伴っていなかった。島に魚雷がないからだ。

そのため零戦隊は敵の戦爆連合に関して、雷撃機の動きを警戒する必要がなかった。

それでも三機のＳＢＤ急降下爆撃機が零戦の攻撃をかわし、空母瑞鶴が見えるところまで前進する。戦闘機隊は戦爆連合の本隊を攻撃しているため、撃ち漏らした三機を迎撃するものはいなかった。

それらを攻撃するのは対空火器しかない。ただ、二隻の駆逐艦は対空戦闘という局面では非力な存在だった。

主砲は平射砲であり、結局、対空火器は機銃だけだ。したがって、対空火器の主力は空母の高角砲である。

激しく撃ち出される対空火器にＳＢＤ急降下爆撃機も、うかつに接近できなかった。一機は高角砲弾により戦線を離脱する。一機は投弾したものの、爆弾は明後日の方角に弾着した。

残り一機は対空火器を巧みにくぐり抜け、瑞鶴に照準を合わせた。そして一〇〇〇ポンド爆弾を投下する。

飛行甲板の将兵にとって、爆弾は自分に向けて落下するかのようだった。だが、すでに空母瑞鶴は舵を切っていた。慣性で巨艦が動くまでに時間はかかったが、ようやく艦は動く。

そして爆弾は首の皮一つで海上に落下して、水柱をあげるに終わった。結果的に第一次攻撃隊でもっとも空母瑞鶴に接近できたのは、この三機のＳＢＤ急降下爆撃機だけだった。

7

ルオットに戻ろうとしていた岸本中尉は、機体の不調に見舞われた。右翼側の発動機の調子がおかしい。回転はしているが安定しない。

このままルオットまで一〇〇キロを飛行するのは、かなりの賭けになるだろう。

だから彼は司令部に状況を報告し、不時着に備えて艦船を出してもらうことを要請した。漁船程度でいいのである。不時着水した時に彼を救助してくれる船さえあれば。

しかし、司令部からの返答は驚くべきものだった。

「五航戦の空母に着艦し、修理されたし」

「何を言っているのだ！」と岸本中尉は思う。

双胴戦闘機は確かに空母に着艦することはできる。着艦フックもついてはいる（後期生産型では廃止されている）。

しかし、常識で考えるなら、空母への着艦が可能だからといって、毒蛇戦闘機が故障したら空母に着艦し、修理して戻ってこいというのは無茶である。しかし、これは岸本の誤解だった。

司令部の意図は、空母に着艦し、不良箇所があれば直せという文字通りの意図でしかない。損傷箇所を放置して、機体の損傷が拡大するようなことがないようにしろということだ。

五航戦はウェーク島攻撃の後は、補給の意味もあってルオットに寄港することになっていた。だから毒蛇戦闘機はそこで下ろせばいいのだ。

しかし、岸本中尉はそうは理解しなかった。というよりも、五航戦の作戦計画までは、彼も知らされていない。

だから毒蛇戦闘機を五航戦に着艦させ、修理し、ルオットに戻れと解釈した。

毒蛇戦闘機は空母瑞鶴に着艦したが、途中で五〇機あまりの戦爆連合とすれ違った。五航戦から敵空母に向かって出撃したものらしい。

第二次攻撃隊の準備前に岸本中尉は着艦できた。

「どれくらいかかる？」

「どこまでやるかによる」

整備員が言う。

「燃料を補給し、銃弾も補充し、発動機の調整をしてくれ。ルオットまで帰還できるようにな」

「ルオットまで戻るのか……」

「そういう命令だ」

「そうか」

整備員は毒蛇戦闘機を空母で運ぶと知らされていたのだが、搭乗員が帰還命令が出ていると言うなら、それを疑う理由もない。飛ぶのは彼だ。

整備員は部下に命じて、最優先で毒蛇の整備にあたらせる。発動機の不調はプラグの破損に問題があったらしく、それを交換するとエンジンは問題なく作動した。

整備兵らが熱心に毒蛇を整備したのは、一つにはそれが珍しい飛行機であるためだ。空母艦載機ではないのだから、次にいつお目にかかれるかわからない。

もう一つは、第二次攻撃隊の出撃準備が迫っているためだ。双胴機は通常の艦載機よりも倍近く大きく、そんなものが飛行甲板を占拠するのは邪魔なのである。

しかも着艦可能とはいえ、毒蛇戦闘機は艦載機ではないので、主翼は折りたためず、エレベーターで格納庫に収容もできない。整備したら飛んでいくというなら、飛んでいってくれるほうがありがたい。

整備員の様子を不審に思った飛行長が質《ただ》すと、かくかくしかじかということで、飛行長も毒蛇戦闘機の発艦に協力する。

彼も空母でルオットまで運ぶと聞いていたわけだが、正直、迷惑な話と思っていた。第二次攻撃隊の準備の邪魔になる大型機が甲板を占領するのだから。しかし、それも飛んでいく。

ある意味、割りを食ったのは岸本中尉だったかもしれない。整備員たちは最優先で毒蛇戦闘機を整備するので、彼はほとんど休憩する時間もない。

簡単な食事をとって少し横になったら、整備完了の報告がくる。すでに空母は艦首に風をあてている。空母全体が岸本に出発を促しているようではないか。

こうなると、岸本中尉も出撃しないわけにはいかない。しかし毒蛇で空母から発艦できるのか？

発艦実験は行われたと聞いたことはあるが、じっさいどうなのかは、やってみなければわからない。

エンジンを作動させ、艦の動揺を読み取り前進する。双発のエンジンは機体をぐんぐんと引っ張っていく、そして機体は空中にある。一旦、高度が下がったかに思えたが、すぐに高度は上がっていく。

こうして岸本中尉はルオットに向かった。

8

「敵部隊が接近してきます！」

シャーマン艦長には、その報告は寝耳に水だった。空母エンタープライズに敵部隊が攻撃を仕掛けてくるというのなら、まだわかる。どうして空母レキシントンなのか？

「周囲に潜水艦はいないか」

シャーマン艦長が疑ったのは潜水艦だ。先日も自分たちを追跡していた潜水艦がいた。それに偵察機をレーダーが察知していないから、消去法で残るのは潜水艦しかない。

彼が恐れるのは敵の潜水艦の性能だ。前回は旧式潜水艦らしく、それゆえに発見もでき、撃沈もできた。

しかし、これが潜水艦なら、高速で自分たちには捕捉できないほど高性能ということになる。にもかかわらず、攻撃してこないのはなぜか？

考えられる理由は一つ。潜水艦は航空隊の襲撃と共に攻撃を仕掛けるつもりなのだ。

シャーマン艦長はその前提で、艦隊全体を三〇ノット近い高速で移動させた。こうすれば潜水艦は追いつけないので、そちらの脅威は考えなくていい。

そうして空母レキシントンからＦ４Ｆ戦闘機隊が出撃する。彼らはすぐに日本軍の戦爆連合と接触するが、やはり彼らも「日本軍機はドイツ製だ」との報告をもたらした。

これは空母側に大きな心理的な影響を与えていた。ドイツ空軍の強さは、彼らも話として知っている。その戦闘機が自分たちと戦おうとしている。勝てるだろうか？　その疑いだ。

じっさい悪い話は伝わっている。ウェーク島から出撃したエンタープライズの航空隊が、「日本軍のドイツ製戦闘機」により撃退されたとの報告である。

さすがにシャーマン艦長以下の将兵は、その可能性に懐疑的（どうやって輸送したのか）だったが、現実を突きつけられると認めざるを得ない。

それでもF４F戦闘機隊の将兵は、零戦に向かって飛んでいった。しかし、レキシントンの戦闘機は五航戦の零戦隊より数で劣っていた。

その状況で一機、二機とF４F戦闘機が数を減らすことは、戦闘機隊の力関係を急激に米軍不利にしていった。

なによりもF４F戦闘機隊は零戦隊を撃墜しなければならないが、零戦隊は攻撃機さえ守ればよいのであり、そこに戦術が求める難度の違いがある。

F４F戦闘機は善戦したが、それはいつしか生存のための空戦になっていた。そして、艦攻艦爆はそのまま空母へと接近していく。

空母レキシントンも護衛艦艇も潜水艦避けに高速を出していることが、対空火器の命中精度にはマイナスに作用した。

スタビライザーはあるとしても、射撃盤の水平が動揺するので命中精度が落ちるのだ。そのため対空火器は激しい割には効果がほとんどなかった。

艦爆が攻撃態勢を示すと空母は回避行動を取るが、そのたびに空母は大きく傾き、対空火器は再び命中精度を下げた。

ただ高速を出し続けていることは、少なくともシャーマン艦長の視点では効果的に敵の攻撃を回避しているように思えた。

じっさい最初の艦爆隊は、すべての爆弾を外していた。シャーマン艦長はこれで回避のタイミングは把握できたと思った。

しかし、艦爆隊は別の視点で状況を見ていた。無線で連絡を取り合った艦爆隊は、攻撃の姿勢を見せる。空母はここで再び回避行動に入った。

そして空母は大きく傾斜し、船腹を大きく空に向けてさらした。まさにそのタイミングで、艦爆三機が空母レキシントンの横腹に爆弾を投下する。

爆弾は空母に直撃し、格納庫内で次々と起爆する。

しかも爆弾の一つは最悪の部位に命中した。それはレキシントンの二〇センチ連装砲塔の火薬庫である。

斜めから侵入した爆弾は格納庫内を移動し、弾薬庫付近でやっと起爆したのだ。

さすがに防御設備もあるので、砲塔火薬庫への被弾で砲塔が誘爆して吹き飛ぶことはなかった。

だがそこで、大規模な火災が発生してしまう。火薬庫の火災により格納庫内の火災は凄惨なものになった。火薬庫の注水はかろうじて間に合ったものの、誘爆しないまま火薬は可燃物として燃え始めてしまう。

誰もが火薬庫の誘爆を避けるため、必死の消火作業を行った。だがその一方で、爆弾庫の火災には誰も注意を向けなかった。

爆撃で破壊された航空機燃料が、そのまま格納庫内のリフトを通じて爆弾庫に火災を広げていたのだ。そして延焼を続けていた火薬庫が、ついに誘爆を起こした。

空から見ていると、空母レキシントンが一瞬ふくらんだように見えたとの証言さえあった。エレベーターや舷側から炎が噴き上がった。

空母レキシントンは炎に包まれたが、それにとどめを刺したのは雷撃隊であった。

ほとんど抵抗するものがないまま、左右両舷からの肉薄雷撃は左舷三発、右舷二発の命中魚雷を出した。

それでも空母は二五ノット程度で移動していたが、突然、速力が落ちたと思うと停止する。護衛の巡洋艦や駆逐艦も、すでに救難に入っていた。

しかし、状況はあまりにも急激に進みすぎていた。停止したと思った空母レキシントンは一気に横転し、そのまま沈没してしまった。

9

「日本軍はドイツ軍機で武装しているだと！」

ハルゼー中将はその報告に驚愕した。

日本軍が破竹の勢いなのは、ドイツ軍機を導入しているからなのか？

冷静に考えるなら、彼もそんなことはないくらいわかるのだが、連日の出来事が彼にそうした冷静さを失わせていたのだ。

ともかく彼は激減した第一次攻撃隊をウェーク島に収容させる、空母レキシントンに向けて五航戦の攻撃命令を出すと共に、自分たちも第二次攻撃隊を発進させた。

そして、ウェーク島には日本軍の侵攻を報告させるよう手配した。

色々と手違いはあったが、敵がウェーク島を攻撃すれば空母戦力は減少し、そこに自分たちの戦力が投入されれば数で優位に立てる。つまり、勝利できる。

ドイツの技術があるならば、やはりレーダーくらいはあるはずだから、敵はウェーク島に向かっているはずなのだ。

だが第二次攻撃隊を送り出してほどなく、ハルゼーは空母レキシントンが敵襲を受けているとの報告を受ける。

敵襲を受けているという報告以外は、色々と混乱して内容はわからない。どうも計画の何かが狂っているとしか思えない。

「エンタープライズの警戒を厳重にせよ」

とりあえずハルゼーがいま命じることができるのは、そこまでだった。

10

岸本中尉は整備された毒蛇戦闘機の軽快なエンジン音を耳にしながら、ルオットに向かおうとしていた。燃料を節約したいこともあり、比較的高高度をとっていた。

そして雲を抜けた時、彼は三〇機以上の戦爆連合の姿を見た。友軍機ではない。敵機に違いない。

「敵戦爆連合、五航戦に向かって接近中！」

岸本中尉は、まずそれを打電する。そして考える。このままやり過ごすか、それとも迎撃に向かうか？

逡巡している時間は数秒だった。彼はそのまま敵のＳＢＤ急降下爆撃機隊の位置を確認すると、雲間に姿を隠しながら接近し、そして適切なタイミングで襲撃にかかった。

数で言えば圧倒的に不利だ。敵は三〇倍以上の戦力。まともな判断力があれば襲撃などしない。

だが岸本には勝算がある。毒蛇戦闘機はＦ４Ｆ戦闘機より速力でも上昇力でも勝る。だから戦っても逃げ切れる。

注意すべきは撃墜されないこと。それだけだ。

敵編隊は毒蛇戦闘機が現れることなどまったく予想していなかった。だから最初の一機は簡単に撃墜され、反転して急上昇した時に行き掛けの駄賃でさらに一機を撃墜した時も、ＳＢＤ急降下爆撃機の反応は薄かった。

薄いというより、何が起きているのかわからないというのが正しいだろう。レーダーに察知されたとしても、もっと手前で攻撃されるはずなのだから。

何機かのＳＢＤ急降下爆撃機が岸本の機体に銃撃を仕掛けるが、速度に勝る毒蛇戦闘機には通用しない。

何度か反転を繰り返しつつ、何機かのＳＢＤ急降下爆撃機に銃撃を加え、撃墜には至らないが損傷を与えることに成功した。

ここでようやくＦ４Ｆ戦闘機が現れるが、もとより岸本は戦闘機と一戦を交えるつもりはない。彼はいまが頃合いと急上昇でＦ４Ｆ戦闘機を振り切り、そのまま戦爆連合がやってきた方向に向かう。

戦闘機隊はここで、一部が空母からの指示で毒蛇戦闘機に向かう。空母の位置を知られては自分たちが危険にさらされる。

岸本中尉の毒蛇戦闘機はそれでもＦ４Ｆ戦闘機を振り切ったまま前進する。しかし、空母エンタープライズは発見できなかった。

雲量が多くなったのと急なスコールで視界が利かなくなったためだ。それに空戦を行ったことでルオットまでの燃料にも余裕がない。

「帰還するか」

岸本中尉はそのままルオットまで帰還する。

五航戦は岸本の報告で戦爆連合に備えたが、それらはやってこなかった。ただ途中の洋上で、撃墜されたらしいＳＢＤ急降下爆撃機の残骸だけは確認された。

11

「全員、乗艦しました」

海兵隊員の報告に、ハルゼー中将は黙ってうなずく。遠くでダイナマイトが続けざまに爆発する音が聞こえた。ウェーク島の海軍施設は砲台も含めてすべてが破壊された。

「明日、ウェーク島を目にする日本人は廃墟しか見つけられまい」

ハルゼー中将はそううそぶくが、心中は穏やかではない。五航戦を攻撃しようとした時、どこからともなく現れた双胴戦闘機により奇襲は頓挫させられ、何機かを失った。

そしてその頃、空母レキシントンが撃沈されたとの報告を彼は受けた。奇襲作戦の前提が覆ってしまった。

だから彼はそこから先は、空母エンタープライズの安全を最優先で考えた。スコールの中に飛び込み、敵の目をくらませようとさえした。

そしていま、彼らはウェーク島の将兵を空母や巡洋艦に乗せ、合衆国に向かっている。いまは多少の危険を冒しても、経験を積んだ将兵が必要なのだ。

「我々は日本軍をいささか甘く考えていたようだ」

ハルゼーはそう自戒しつつ、ウェーク島を後にした。

第二部

米太平洋艦隊奇襲！

プロローグ　ニューギニア戦線

昭和一八年、ニューギニア近海。

五隻の大型商船が二隻の駆逐艦に護衛され、南部ニューギニアの海上を移動していた。

「レーダーに異常はないか」

武装商船キャッスルのハワード船長は、電話でレーダー手に確認する。

深夜である。かつては、深夜に注意すべきは水上艦艇と潜水艦だけで、航空機については考えずにすんだ。

しかし、いまは違う。日本軍も本格的にレーダーを使用するようになり、敵味方ともにレーダーを用いた夜間の航空攻撃が可能となった。

むろん昼間の航空攻撃と比べると、夜間の航空攻撃は低調ではある。

特に島嶼戦《とうしよせん》の現場では、地上施設のインフラも都市部ほどは充実しておらず、攻守ともに戦術も単純だ。

しかしながら、夜間でも航空機が活動できるということは、敵も味方も戦術のあり方を変えた。

そしてこの点では、日本軍のほうが執拗と言えた。日本陸海軍航空隊は夜襲を仕掛けることに長《た》けていた。これによりポートモレスビーをはじめとして、連合国軍のニューギニア戦線は苦境に陥っていた。

いくつか点在するニューギニアの連合軍拠点は、ポートモレスビーからの補給に依存していた。そのポートモレスビーへの補給が寸断されれば、ニューギニアの連合国軍拠点は維持できない。

じじつ連合国軍は、すでに東部ニューギニアで二つの拠点を放棄せざるを得なくなっていた。

もちろん、日本軍とて楽な戦いはしていないだろう。

しかし、彼らはまだ補給が円滑に行われているらしい。船団輸送には十分な航空機が支援につき、連合国軍の接近を許さないためだ。

それだけ日本軍のニューギニアへの補給は高コストになるが、彼らはそれを維持している。そして彼らなりの工夫もある。

例えば、二線級の攻撃機にロケット弾を多数搭載し、B25爆撃機などを集中的に襲うなどの戦術だ。戦闘機の護衛が少ない夜間でなければ使えない戦術だが、まさに敵機の活動が低調な夜間に補給作戦を強行しようとするからこそ、この作戦が生きてくる。

同時にそれは、日本軍の苦境とも解釈できる。夜間攻撃とはいえ、二線級の軍用機も動員しなければならないからだ。

そうであるならば、夜間攻撃の敵戦力を撃破することは日本軍にとって大打撃となる。

「日本軍と思われる航空無線を傍受しました」

通信室から報告がなされる。

ハワード船長はそれを待っていた。彼は退役軍人で、いまは商船の船長だ。だからこの作戦に抜擢された。

なぜなら戦闘ともなれば、個々の船舶は独自の判断で行動することを余儀なくされるからだ。

「通信内容はわかるか」

「残念ながら、暗号化された無電なので内容はわかりません。比較的単純な暗号とは思いますが」

単純な暗号。解読容易な暗号が用いられるとは、攻撃が近いということだ。一時間で解読される程度の暗号でも、「三〇分後に攻撃する」という内容なら十分役に立つのである。

「砲術長、敵軍の暗号通信が傍受された。攻撃は近いぞ」

「わかりました。新兵器の威力を見せつけてやりますよ」

「頼んだぞ」

彼らは大型商船五隻の輸送船団に見えるが、じつは違う。彼らの正体は仮装巡洋艦だ。

ボフォースの四〇ミリ機銃を中心とした、対空戦闘に特化した仮装巡洋艦だ。昔なら防空巡洋艦とでも呼ばれただろう。

これらの商船を攻撃しようとする日本軍機はレーダーに捕捉され、おびただしい銃弾にさらされ、撃墜されていくだろう。

日本軍の夜襲戦力は大打撃を受け、夜間の商船攻撃を断念せざるを得なくなる。昼間の航空戦も激戦が続くなか、日本陸海軍航空隊に失った穴を埋める戦力的余裕はあるまい。

連合国軍はそうして夜間の補給を成功させ、戦力を蓄積し、やがてニューギニアの日本軍に対して攻勢をかけられるだろう。ハワード船長らの任務の重要性は、それだけではない。

じつは今夜、ポートモレスビーに対しても補給作戦が行われようとしている。

武装を撤去した駆逐艦のような高速輸送艦で、積載量は一〇〇〇トン程度だが、三〇ノットで夜間の海上を疾走する。

日本軍が自分たちへの攻撃に戦力を集中するならば、本当の輸送船団である高速輸送隊がポートモレスビーに到着する。

今夜の参加艦艇は一〇隻だから、一万トンの物資が輸送できることになる。都市と基地を維持するには決して十分とは言えないが、これが毎日続くなら、日本軍をニューギニアから駆逐するには十分な物量を蓄積できるに違いない。

こうした二つの意味で、今夜の作戦は重要なのだ。

「レーダー室です。日本軍機と思われる機影を確認しました。単独機で、たぶん偵察機と思われます。日本軍のレーダー波も確認しましたので、早晩、こちらに接近してくるでしょう」

「大型機か」

「たぶん。飛行艇と思われます」

日本陸海軍航空隊は大型機にレーダーを搭載し、夜間航行の船舶を発見し、本隊に連絡し、攻撃を行うことが知られていた。

具体的に何が攻撃に来るかは状況による。比較的近海で発見されれば小型機が、外洋であれば双発機以上の飛行機が来る。

そのためハワード船長らの船団は比較的外洋を航行していた。そうすれば大型機が飛んでくる。

夜間なら大型機も精密爆撃のために低空を飛ぶ。対空火器で撃墜するにはありがたい。

そして大型機を始末してしまえば、連合国側が夜間に活動できるエリアは拡大する。

しかし、日本軍機はなかなか船団を攻撃しようとはしない。

偵察機は彼らの周囲をまわりながら位置を確認しているが、本隊の動きはない。

船団指揮官もこの状況に苛立《いらだ》っているらしい。それもわかる。そろそろ針路変更をして、連合軍拠点に向かわねばならない。さもなくば陽動部隊であることを敵に教えることになる。

「司令部からの情報なり、報告はないのか」

ハワード船長は通信室に確認する。

こちらの状況はすでに司令部に報告されているはずで、それなら司令部からも新たな命令が出るだろう。

しかし、いまのところそれはない。

「一〇分後に針路変更せよとの命令が、いま届いたところです。ポートモレスビー行きの本隊にも異変はないとのことです」

「どうもわからんな」

通常なら、日本軍は自分たちに攻撃を仕掛けているはずだ。いままではそうだった。高速輸送隊も気取られている様子はない。

通信科からは、日本軍の航空無線のやりとりが激しくなっているという通信が届くのだが、攻撃機の姿はない。

だが、ついに日本軍が動き出す。

レーダーが多数の日本軍機の接近を捉える。そして、日本軍編隊が現れた空域が明るくなった。吊光《ちょうこう》投弾による夜間照明だろう。

ハワード船長は、それを目にするのは初めてだったが噂は聞いていた。

船団指揮官は、すぐにこのことを司令部に報告しているらしい。そして、キャッスルに対しても対空戦闘準備が命令される。

甲板上の偽装のベニア板が取り払われ、四基の対空機関砲が姿を現す。

すぐにレーダー手の声がスピーカーに結ばれる。レーダーが敵機の位置を指示するためだ。正規軍艦ほど洗練されていないにせよ、商船としては十分だ。

しかし、武装商船キャッスルのスピーカーから聞こえたのは、レーダー手の悲鳴だった。

「レーダーが故障した！」

それは対空火器要員をはじめとして、船内のあちこちから怒声を招いた。この大事な時に何をしているのか！

異常事態は武装商船キャッスルだけではないらしい。すべての商船で同じことが起きている。

そうしたなかで、一隻の商船に空中からいくつものロケット弾が撃ち込まれる。

命中精度は高くないが、それでも何発かの命中弾が出ると、それは爆発するだけでなく燃焼中の燃料を周囲にばらまいた。

火災は急激に広がったが、武装商船だけに火災が弾薬に引火すると、それらは爆発的に誘爆を起こす。

そうして僚船の一隻が夜の海で松明《たいまつ》となった。各船舶から緊急電が放たれる。

船団はパニックに陥っていた。レーダーが使えないなか、自分たちは一方的な攻撃を受けている。

そうしていると、別の船がロケット弾の洗礼を受けた。それは偵察機も搭載している一番大きな商船だったが、その艦載機にロケット弾が命中し、火災は一気に拡大する。

「弾幕を張れ！」

ハワードが命じる。周囲に濃厚な弾幕を張れば、敵機も容易に接近することはないだろう。

その判断は正しかったのか、武装商船キャッスルに攻撃をかけようとする敵機はない。

「二隻だけか」

ハワード船長は自分たちが攻撃されないなかで、冷静さを取り戻す。レーダーはすでに正常になっていたが、敵機の姿は消えた。

「敵の意図はなんだ？」

ハワードにはそれがわからない。冷静に考えれば、敵機は偵察機を除けば、たった二機だ。二機の攻撃機のロケット弾攻撃だけだ。

直前のレーダーの報告では、攻撃を仕掛けてきたのは小型機だという。ただ見張りの中には「双発機だった」という証言もある。胴体が二つあったという信じがたい証言もあった。

ともかく、日本軍機は自分たちの攻撃にたった二機しか投入していない。

結局、作戦は中止になり、船団は母港に戻る。そして、ハワード船長は驚くべき話を聞く。

「高速輸送船団は全滅した。どうやら陽動部隊のことを敵は読んでいたらしい。高速輸送船団を撃破した部隊か？　よくわからないが、双胴の双発機だったそうだ。そう、P38戦闘機みたいなやつだったらしい」

第一章　重要拠点痛打

1

昭和一六年末、日本は連日の戦勝報道に沸いていた。アジアの重要拠点も相次いで陥落し、そこに今度は日本陸海軍の重要拠点が築かれるとの報道もなされていた。しかし、最前線で戦う人間たちは、緒戦の勝利で喜んでなどいられないことを知っていた。そして最前線は戦場だけでなく、日本国内にもあった。そう、技術開発の最前線に。

中島飛行機の組織編成の改変により、前川技師は部長として統制型エンジン全般の開発責任者とされた。かつて竹上主任技師が行っていた業務を引き継ぐ形だ。

そして竹上は会社の役員として、航空機開発全般の技術的な責任を負う立場となった。

統制型エンジンは中島飛行機だけで開発しているのではなかった。

練習航空隊により陸海軍航空機の機材統一がなされるなかで、統制型エンジンも要求仕様が決められ、それが中島飛行機や三菱発動機製作所に試作を要求し、そこで各種の試験が行われ、優秀エンジンが中島・三菱などの関係企業で量産されることとなっていた。

そして現在の課題は、統制型一五〇〇馬力エンジンに続く、二〇〇〇馬力エンジンの開発だった。

まだ統制型一〇〇〇馬力エンジンの開発が行われていた頃には、最終目標は二〇〇〇馬力であるが、その経由地として一五〇〇馬力エンジンを開発するとなっていた。

しかし、この開発計画は早々に修正を強いられた。まず、統制型一〇〇〇馬力エンジンの成功により新型機に次々と採用されるなかで、量産技術の確立が優先されたこと。

さらに、統制型一五〇〇馬力エンジンの量産が決まった時点で、二〇〇〇馬力へのロードマップが当初の想定より難しいことが明らかになったことだ。

言うなれば、一五〇〇馬力を、当初は中継点と思っていたが、じつは完成度の高い終着点であり、二〇〇〇馬力への道は新たに切り開かねばならなかったのだ。

この日、前川は発動機の試験工場に向かっていた。統制型二〇〇〇馬力エンジンの試作品のテストに立ち会うためだが、彼の胸中は複雑だった。

試作機の図面は二つあったが、そのどちらにも満足できないからである。決して最善の案ではない。しかし、戦時下という状況で作業を進めるには、次善の策を取るしかない。

「安定するのか」

前川は、まず期待していない試作機を見る。なぜ期待していないのかといえば、それはかつて捨て去った試案であったからだ。

それは、一〇〇〇馬力から一五〇〇馬力へと目指していた時の試作品だ。V型一二気筒を上下に繋げてX型二四気筒としたものだ。

もちろん、この試案は却下された。構造が複雑で、信頼性が低かったためだ。

だが、その時の開発者は二〇〇〇馬力エンジンの開発にあたり、同じ構造のエンジンを提案してきた。

「統制型二〇〇〇馬力エンジンは、すでに信頼性については折り紙つきです。それを活用するのですから信頼性は確保できるでしょう」

担当技師は言う。前の時は自分の名前を売ろうという野心みたいなものが見えた。しかし、いまはそうした雑念は感じられない。純粋に自分の仕事をしているという思いが伝わってきた。

だから、X型エンジンという形状も奇をてらっているのではなく、彼なりの計算による。それは量産性だった。

統制型エンジンでは一〇〇〇馬力級がもっとも生産数が多い。信頼性が高いのと、練習機や偵察機など、その程度のエンジンが手頃という機体も多いからだ。

さらにこのエンジンは、一部が船舶にも使われているほどだ。

このエンジンをベースにすれば二〇〇〇馬力級エンジンの量産も部品レベルから円滑であり、一〇〇〇馬力エンジンを二つ繋げただけなので、整備性や信頼性も高い。

そうした計算からこのエンジンは試作された。

ただ技術者として前川は、理屈はそうであるとして、X字型の構造で円滑な連結が可能かという点に疑念があった。ただ、本当にこれで成功したならば、それに越したことはない。

現実には正面の面積が増大する恐れはあるのだが、それは機体設計でなんとかできるだろう。

「始動！」

設計者の命令とともに、X字型エンジンは始動を開始する。

驚いたことに、エンジンは比較的順調に動いている。まだ低速運転だからということもあろうが、数年前の同じ構造のエンジンと比べ、信頼性は格段に進歩しているように見えた。

「回転が安定しているな。何をやった？」

「ドイツの空冷エンジンを参考に、流体による安定化装置を実装してみました。上下二組になるエンジンの回転数を循環する燃料オイルの流量の違いを計測することで、同期をとって安定化させるのです」

前川はその話に驚いた。エンジン回転の同期機構に工夫すると事前に説明を受けていたが、よもやそんな精緻な方法を取っているとは思わなかった。

問題は、この機構の採用にどういう態度で自分は臨めばいいかである。

技術者としては、この機構は非常に興味深い。画期的だとさえ思う。

一方で、二〇〇〇馬力エンジンの開発、しかも戦時下ということを考えるなら、ここまで精緻な機構をこれからの主力となるであろうエンジンに取り付けていいのかという疑問がある。

ピストンもシリンダーも量産されているなか、流体制御装置の生産が隘路《あいろ》となり、統制型二〇〇〇馬力発動機の量産が頓挫するような真似は認められないのだ。

「馬力を上げてみてくれ」

前川の指示に設計者は自ら制御卓を操作する。エンジンの回転数と出力が上がる。当然ながらエンジン温度も上昇する。

しかし、ラジエーターは機能しているようで、エンジンのあちこちにつけた熱電対は、安定した温度上昇を示している。

だが前川は、温度上昇が続き、安定しない部位を二つだけ認めた。

「この温度上昇が続いているのは？」

「流体制御装置です……いや、そんな馬鹿な。エンジンオイルも冷却されているはず……」

「違う！　流体制御装置自体が熱を生んでいるのだ！」

じじつエンジン出力は回転数の割に上がらない。どこかで馬力のロスがある。つまり、流体制御装置の不都合で熱が発生し、熱量相応の馬力が奪われているのだ。

「エンジンを……」

前川が「止めろ！」と言う前に破裂音がした。流体制御装置のケースが破裂したのだ。周辺に熱せられたエンジンオイルと金属片が飛び散る。

「……失敗か」

開発した技術者が床に膝をつく。

「何が失敗だ？」

前川は部下と同じ視線まで屈み込む。

「我々はここで何をしているのか？　試作機の不都合箇所の洗い出しだ。爆発、破断、発火はエンジンにはつきものだ。

そういうトラブルはどうして起きたのか？　その原因を究明し、解決するのが実験の成功であり、失敗とはそれをしないことだ」

「部長……」

「この流体制御装置は私の目が節穴でない限り、将来に繋がる技術だ。君は、これを完成させたまえ。二〇〇〇馬力エンジンはこちらの案で検討する。

それに君の流体制御装置があれば、二〇〇〇馬力エンジンをタンデムに並べて

（X字型よりそのほうがいいだろう）、四〇〇〇馬力級のエンジンを開発できるのではないか。

どうせ三〇〇〇、四〇〇〇馬力の戦闘機なんぞレシプロでは現れまい。登場するとしたら爆撃機だ。それは次世代重爆の切り札となるやもしれん」

前川の言葉に彼は立ち上がった。そして、流体制御装置の開発に向かうことを誓った。

ただ、統制型二〇〇〇馬力エンジンの試作機の試験はまだ残っていた。

そちらの担当者は、自分の試作機がほぼ採用されることをライバルの事故で悟ったものの、手放しでは喜んでいなかった。

エンジン自体は特に問題もなく稼働している。エンジン出力も順当だった。V型一二気筒エンジンは安定した回転を続けている。

だが、このエンジンにも問題はある。それは馬力確保のためにシリンダーとボアストロークを拡大したのだ。

つまり、当初の統制型一五〇〇馬力エンジンの改良により二〇〇〇馬力を目指すという目標は、こちらでも達成されていないということだ。

おそらく時間をかけるなら、統制型一五〇〇馬力エンジンの過給機を改造するか何かで、二〇〇〇馬力を狙えるエンジンにはできるだろう。しかし戦時下のいま、そのための開発時間はない。ともかく一刻も早く二〇〇〇馬力エンジンを実用化して、戦場に送らねばならないのだ。

そうなると、この試作機を量産して送る以外の選択肢はなくなるだろう。

だがそれは、深刻な問題を含んでいた。エンジンの寸法がどうしても大きくなるため、既存のエンジンの部品などはそのままでは使えない。

さらに、統制型一〇〇〇馬力エンジンを載せていた機体に一五〇〇馬力エンジンを搭載するのはさほど難しくなかったのに対して、二〇〇〇馬力となると、機体構造にも手を加えねばならなくなる。

つまり、既存機の部分改良でエンジン馬力の強化を図ることが難しくなり、機体を新規に設計することになる。

むろん、それでも二〇〇〇馬力級のエンジンが手に入ることのメリットは小さくない。

ただ、ここから先はエンジンの開発という枠組みでは収まらない。航空機の設計を超えて、航空機産業をどうするかという、より高度な意思決定に委ねなければ結論は出ない。

「自分一人で決断できる問題ではないな」

2

陸海軍航空隊は練習航空隊の発足により、将来の総力戦を視野に、戦闘機や爆撃機などの航空機材や人材育成について共通化や標準化に邁進していた。

だから、空母の艦上偵察機は陸軍の偵察機や襲撃機と同型機であった。そのため戦闘で損傷した海軍機が、陸軍基地に着陸するようなことも珍しくなかった。

それどころか、日華事変のある戦闘では、損傷した陸軍の偵察機が空母加賀に着艦するという事件も起きていた。

さすがに空母への着艦訓練まで陸軍は行っていないので、この着艦は陸軍航空隊の操縦員の技量の賜物《たまもの》であった。

しかし、洋上航法については陸海軍共通のカリキュラムで学ぶので、彼が大陸から洋上の空母に無事にたどり着けたのは、練習航空隊の教育のおかげと言えた。

軍艦搭載のフロート付きの水上偵察機は陸軍にはないのだが、それとてフロートを取り外せばベースとなった陸軍機は存在した。

そんななかで数少ない例外が飛行艇だった。

双発の重爆にフロートをつけて飛行艇にする試みも行われたが、凌波性《りょうはせい》が悪いだけでなく、飛行機としての性能もパッとしないため、この方向性での開発は中止された。

そのため海軍航空技術廠《しょう》で独自に開発されることとなった。ただエンジンや電装品、艤装品は可能な限り既存機と共通化することが求められた。

こうしたなかで地味に開発が続けられてきた飛行艇ではあったが、陸海軍航空機の機種統一の成果は着実に取り入れられていた。

そして、ある段階からは練習航空隊の人間も積極的に開発に関わるようになった。

それは四三計画に関わる文脈であった。

四三計画とは、四発で四トンの爆弾を積んで、四〇〇〇キロの航続距離がある重爆を開発するというものだ。重要な要求仕様に四が三つあるから四三計画だ。

すでに陸海軍は双発重爆では技術的経験を積み、自信を深めていた。それでも双発と四発では技術的にも未踏の部分があり、いきなりの開発は難しい。

そこで、四発飛行艇の開発で四発重爆の技術的な経験を積み、その経験を四発重爆に生かそうというものだ。そうして開発されたのが九七式飛行艇である。

　この九七式飛行艇は、最初から飛行艇として設計されているため、性能は海軍も満足がいくものだった。ただ最初こそ満足のいく性能だったものの、日華事変の経験などを織り込み、護衛火器の増設や防弾設備などを施したことで速度と航続力の低下が見られるようになった。

　そこで、種々の改修を施した九七式飛行艇を再設計し、全体を効率化して軽量化を図る試みがなされた。それが一六試四発飛行艇である。

　もともと九七式四発飛行艇の改良であるため、開発期間は一年程度である。これは昭和一七年内には四発重爆の試作機を飛ばしたいというスケジュールによるものだった。

　じっさい一六試四発飛行艇は、速力や航続力では九七式と大差がない。改良は艤装品の増大に対する重量過多をエンジン馬力の向上で打ち消すというものだ。

　例えば護衛火器は七・七ミリ機銃を廃して、一三ミリと二〇ミリ機銃に増強するほか、動力銃座を設けて死角を減らすことも試みられた。

　搭乗員の配置を整理し、装甲板の効果を大きくすることやエンジンの自動消火装備の設置も行われた。

　その意味で、この一六試四発飛行艇は四三計画における、あるべき装備の確認試験という性格を持っていた。

　そしてそれはいま、さらなる実験の場に投入されようとしていた。

　特設飛行艇母船太刀魚丸《たちうおまる》の甲板上は慌ただしくなった。

「来ました！」

「ポンプ、準備！」

　下士官の命令で水兵たちが動く。

　太刀魚丸は海軍に徴傭《ちょうよう》されるまでは遠洋漁船であった。鉄製の船体にディーゼルエンジン装備で、現場での各種作業を考えて後甲板が広く作られていた。

　それは漁船としての経済性を考慮してだが、海軍から見れば、支援艦艇としては手頃な存在だった。

　なによりもともと漁船なので、外洋で敵艦艇に発見されても怪しまれない（と思われたが、現実の戦場はそこまで甘くなかった）。

　そしていま、彼らは重要任務につく一六試飛行艇を待っていた。

「整備長、あいつはいつまで一六試と呼ばれるのでしょうか」

　古参の部下の整備長が、接近しつつある飛行艇を指さす。

「九七式飛行艇丁型になるって話だな。まぁ、噂だが」

「九七の丁？　二式飛行艇とかには、ならないんで？」

「そこはよくわからん。飛行艇としての性能は九七式で十分ってことじゃないのか」

「って、ことは九七式丁で飛行艇の完成形ってことですか」

「まぁ、そうなるんだろうなぁ」

じっさい接近してきた飛行艇は、従来の九七飛行艇と大差なかった。翼がパラソル型から胴体と一体になったのは大きな違いだが、外見上の相違点はそれくらいしか目につかない。

しかし着水し、給油のため太刀魚丸に接近してくると、色々な変更点がわかった。

外観でわかるのは防御火器の増強で、飛行艇だから船状の機体底部にこそ機銃は装備されていないが、それ以外の部位には死角なく銃火器が装備されていた。

ただ、それまであった魚雷や爆弾のマウントは撤去されている。それだけ偵察任務に特化しているのだろう。

「整備長、見てください」

部下が画板に挟んだ書類を示す。

整備長もその数字に目を疑った。太刀魚丸で十分対処できる量とはいえ、飛行艇に補給した燃料は従来の九七式より四割は増えている。

燃料を満載した飛行艇は、過大な燃料を飛ばすために燃料を消費するという面がある。

だから四割多く燃料を搭載したからといって、航続力は四割も伸びない。おそらく航続力は一〇〇〇キロ伸びる程度ではないか。

だが、その一〇〇〇キロが重要だった。

整備長が計算すると九七式の性能なら、ここからハワイまで飛んで帰還できる。ここでさらに帰路も燃料を補給すれば、そのまま日本に戻れるだろう。

「真珠湾に行くのか……」

整備長はそうは思ったが、口には出さなかった。口にすべき内容ではないと考えたからだ。

やがて給油と整備と若干の補給が終わる。補給品は航空糧食だ。糧食まで補給するのは、やはり長距離飛行を考慮してなのか。

そうして太刀魚丸から離れ、飛行艇は飛び立っていった。

3

「今度の任務は奇襲ではなく強襲になる。その覚悟をしてくれ」

機長は真珠湾突入前に改めて部下たちに告げる。

長距離飛行なら部下の人数に余裕がほしい。飛行艇には一〇人乗れるが、機長は自分を含めて最低限度の七人で飛ぶ。何かあった場合、それだけ犠牲が少なくてすむからだ。

彼らの任務は、飛行艇で真珠湾の状況を確認すること。一航艦の奇襲攻撃で、真珠湾は大打撃を受けているはずだった。しかし、今後の作戦を考える上で、「大打撃を受けているはず」では話にならない。

打撃を受けているとして、どれほどの打撃か。また、修理により戦力化可能な船舶はどうなのか？　そうしたことも考えねばならない。

それを確認するのは重要な任務である。だが、その任務の重要性は敵も十分承知している。当然ながら防備も整えているだろう。

飛行艇がハリネズミのように重武装なのもそのためだ。

それでも安定して飛行できるのは、エンジン馬力が強化されているからだ。この飛行艇には統制型二〇〇〇馬力エンジンが四基搭載されている。エンジン馬力は通常型よりも二〇〇〇馬力余裕がある計算だ。

だから重武装、重装甲でも安定して飛行できる。もちろん、飛行機の装甲だから限界はある。

実際問題として十分な防御が施されているのは操縦員席だけだろう。だが操縦員が無事であることは、生還するための大前提なのだ。

それでも機長は、偵察機の安全を優先に真珠湾への航路を決めようとしていた。担当部署の違いにより、機体を無事に生還させねばならない理由が二つあった。

一つは言うまでもなく、真珠湾偵察の結果を報告するためだ。最低限度の報告は無線通信で可能だが、航空写真の有無は決定的に重要だろう。

生還理由その二は、機体そのものにある。この九七式飛行艇丁は新型の統制型二〇〇〇馬力エンジンを搭載しているが、それが実戦でどこまで使えるかの試験飛行も兼ねているのだ。

本機が生還し、エンジンの状況を確認できたなら、新型エンジンの完成度は向上し、実戦配備も早くなる。

ただ逆の視点で見れば、この偵察作戦が失敗したら真珠湾の状況も不明で、新型エンジンのデータも取ることができない。一機の撃墜が、二つのプロジェクトを頓挫させかねない危険もあるのだ。

「ラジオをつけてくれ」

機長は無線員に命じた。敵性放送の傍受は法律で禁じられていたが、彼はそんなものは無視した。いまは偵察の成功と生還だけが重要だ。

ラジオは軽音楽を流していた。ニュースも流れたが、偵察に必要な情報は、ほぼない。真珠湾以降、そうした部隊の動きを察知されるような報道は消えたらしい。

むろんそんな話を、彼も期待していない。彼が知りたかったのは、現地の空気のようなものだ。

人間は常に緊張を維持できない。どこかで必ず弛緩《しかん》する時がある。

その相手の弛緩した時ならば、警戒厳重な真珠湾にも隙ができるのではないか。

しかし、彼の期待はあまりかなえられそうになかった。ラジオは市民が参加する陸海軍協賛の大規模な演習が行われる旨を告げている。

「機長……」

英語がわかる副操縦員が不安げな表情を向ける。

「これは任務だ」

機長はそう告げる。結局のところ、演習があろうがなかろうが、危険な任務であることに変わりはないのだ。

そして、飛行艇は針路を変化させる。

どこから手に入れたのか知らないが、真珠湾に大型機が進入する経路があるという。その経路に飛行艇を乗せる。

こんな小細工がどこまで通用するかわからないが、飛行艇はわずかでも生還の可能性がある道を進む。

「見えてきたぞ！」

信じがたい話だが、彼らは誰にも攻撃されることなく、陸軍の飛行場が見えるところまで進出できた。

それがヒッカム飛行場で、ここを北上すれば真珠湾だ。すでに真珠湾の一部が見えている。

「写真準備！」

大型の機載カメラと手持ちカメラが、ヒッカム飛行場や真珠湾の写真を撮影する。

「機長、奴ら、我々を友軍機と思っています。演習の敵役と勘違いしているようです！」

「まぁ、このタイミングで本当に敵機が来るとはお釈迦様でも思うまいさ」

じつを言えば彼らの接近は、陸軍のレーダーにより発見されていた。しかし、航路が陸軍の大型機の進入路であったことで敵機とは思われなかった。

そして彼らは海軍から、今日の演習に備えて敵役の飛行機が出撃すると事前の通告を受けていた。

レーダーで機種の識別は困難であったこともあり、海軍側は「海軍機が飛ぶ」としか伝えていなかった。そして、飛行艇の進入時間は演習の予定時間であった。

本来なら、ここで米海軍機と鉢合わせしたのであるが、海軍機は乗員の体調不良による交代と機体の単純トラブルのため、離陸が三〇分遅れていた。

海軍の担当者がちゃんと遅れを報告すればよかったのだろうが、大した遅れではないとの現場判断で報告はされなかった。

結果的に飛行艇の幸運と陸海軍の連絡の悪さが、日本軍の強行偵察を成功させる結果となった。

「ドックの損傷は大きいが、主力艦のいくつかはサルベージに入っているぞ」

機長は作戦の成功に喜びながらも、眼下の光景にアメリカの国力を思い知らされた。

いくつかの軍艦は修復不能と判断されたのか、放置されている。それらの中には巡洋艦もあるから米海軍としては、廃棄は苦渋の選択だったのだろう。

造修施設への破壊により、彼らのサルベージ能力は大幅に低下している。ただし、だからこそアメリカは持てる力のすべてを、主力艦のサルベージにあてているようだった。

これらの戦艦は一年もあればサルベージされよう。戦艦の建造に四、五年かかることを考えるなら、この作業は阻止せねばならない。

ひと通りの撮影と偵察を終えた時、彼らは自分たちに接近する複葉機を認めた。おそらくは練習機だろう。

「機長、どうします！」

それは難しい決断だ。防御火器で撃ち落とすことは可能だが、せっかく味方と誤認されているのに、敵とわかるのは面白くない。

「黒板、貸せ！」

機長は連絡用の黒板に、大きく「無線機が故障している！　帰還中」と英語で書いて練習機に見せた。

練習機の教官らしいパイロットがそれを読むと納得して手を振り、飛行艇から離れる。

こうして飛行艇は無事に真珠湾から脱出した。彼らにとって、話はこれで終わる。

しかし真珠湾では、ここから騒動が起こった。

練習機のパイロットが、上空での演習で日本軍機役の飛行艇に遭遇したと地上の人間に告げる。

「演習に参加するのは急降下爆撃機だぞ！」

すぐに海軍側に問い合わせ、予定時間に飛行機は飛んでいないことが確認される。

「敵機だ！」

すぐに警報が出されるが、この間に本当の敵役のSBD急降下爆撃機が離陸していた。

これを陸軍のレーダーは「敵機が戻ってきた」と判断し、緊急警報とともに迎撃機を出す。

銃弾が飛び交い、急降下爆撃機は緊急着陸し、憲兵隊がパイロットを逮捕し、本当に海軍の人間と判明するのに小一時間かかった。

すでに日本軍の飛行艇は彼らの手の届かないところを飛んでいた。

これ以降、ハワイでは陸海軍の伝達事項の手順が変更されることとなる。

4

連合艦隊旗艦大和の作戦室で、司令部幕僚らを前に山本五十六連合艦隊司令長官は宣言した。

「ハワイを再攻撃しなければならない」

大和作戦室の壁には、過日行われた真珠湾偵察で撮影された航空写真が引き伸ばして貼られていた。

この写真はすでに軍令部にも送られていたが、山本司令長官は軍令部の判断よりも先に、連合艦隊としての方針を立てようとしていた。

「山本長官は真珠湾を占領するつもりではないか」という下馬評は、すでに海軍内部にも流れていた。そのため作戦室内におびただしい数の偵察写真が貼られていても、このこと自体に驚く者はいなかった。

驚きという点では、幕僚らは写真の内容そのものに驚いていた。

錆びるにまかせて放置されている船や、航路の邪魔になると判断されたのか、爆破されたらしい残骸とは別に、サルベージの進んでいる戦艦が多数見られた。

造修施設やドックは破壊されていたが、これらの主力艦の浮揚に成功したら、西海岸のドックに曳航《えいこう》され、完全修理されることは明らかだ。

ゼロから戦艦を建造するのと比較して、サルベージなら一年程度で戦力として復帰できよう。

米海軍が態勢を立て直すのに三年と計算していた連合艦隊としては、真珠湾攻撃が成功したにもかかわらず、時間的余裕はわずか一年足らずということになる。

作戦室内の幕僚らは、真珠湾再攻撃の実行に不安を抱きながらも、その必要性を否定する根拠を示すことができなかった。

つまり「やりたくないが、やらねばならない」ということだ。

「作戦案については甲案と乙案がある」

連合艦隊司令部の宇垣参謀長が言う。

「甲案は、一航艦により再び真珠湾を攻撃するものである」

作戦室内にどよめきが起こる。

空母部隊による真珠湾再攻撃は、おそらくもっともわかりやすく、なおかつもっとも効果が大きいと思われる作戦だ。

ただ、一航艦はそろそろ整備や人員の補充が必要な時期であり、早急な作戦投入には懸念もあった。

練習航空隊の発足により、陸海軍航空隊は大量の人材育成が軌道に乗っているように見えるが、戦線の拡大が人的リソースの余裕を恐ろしい勢いで奪っているのも事実であった。

良くも悪くも、陸海軍の航空人材は「互換性」がある。そのため作戦現場では、現地部隊の協定により陸軍航空隊に海軍の搭乗員を乗せる、あるいはその逆（とはいえ、日華事変の現場では海軍側の搭乗員が陸軍機に乗ることのほうが多かった）ということも起きていた。

これに関して開戦以降の予想外の問題として、陸海軍相互で、航空作戦に対して相手の作戦に掣肘《せいちゅう》を加えることが増えているという現実がある。

今日の海軍航空隊は、明日の陸軍航空隊として戦場に出るかもしれないのだ。だから戦域レベルで、陸海軍ともに相手の航空隊に対して「無謀な作戦は慎んでもらいたい」との要請がなされる。

現場としても、上から降りてくる無茶な要求に対して「陸軍が横槍を」とか「海軍の横車で」ということで、作戦実行に難色を示しやすい。

そして、当の上部機関も自分らの要求が無茶であるという自覚はそれなりにあるので、「陸軍のせいで」「海軍のせいで」と言えば、要求を引っ込めやすかった。

ほかの兵種ではこうしたことが起きず、航空畑だけで起こるのは、海軍に戦車隊がなく陸軍に水雷戦隊がないように、航空畑だけ戦力が重複するというのが一つ。

しかし、それ以上に大きいのは、練習航空隊が陸海軍に多数の尉官・佐官クラスの人材を供給してきたという事実にある。

航空兵科に関しては陸海軍の違いこそあれ、誰もが同窓であり、航空畑での先輩後輩の関係という人間関係がこうした動きを可能とした。

海軍航空隊も陸軍航空隊も、航空兵科は「同業他社」ではなく同窓の「先輩後輩」であり、先輩視線としては、後輩たちを自分の都合で死地に送り出すことに抵抗があったのだ。

それでも軍隊であるから危険な任務に送らねばならない。しかし、そのためには「先輩」として「後輩のために」必要な手配はしなければならないのだ。

このことは消耗戦になりがちな航空戦において、日本陸海軍の損耗率の低さをなんとか維持していた。

こういう状況なので、海軍が一航艦を動かすとなれば、陸軍側から物言いがつくことは間違いない。すでに一航艦は「海軍の一航艦」ではなく「陸海軍の一航艦」となりつつあった。

小型空母一隻程度なら、海軍が自分たちの都合で運用するのは可能だが、大型正規空母六隻という戦略単位の戦力となると、話は違ってくるのである。

海軍としてもほかの戦域での協力関係もあるので、陸軍の要求を一方的に突っぱねることはできない。特に米豪遮断作戦では、陸軍の協力は不可欠だった。

現実に一部ではあるが、陸軍航空隊での「空母搭乗員の研修」まで始まっていることを考えると、一航艦を連合艦隊の都合だけでは動かしにくいのが現実だった。

そのため連合艦隊司令部幕僚の中でも航空畑の将兵は、甲案について効果的とは思いつつも、実現性には疑念を感じていた。

それは宇垣参謀長も承知なのか、彼は乙案も提示する。

「乙案は、一個空母戦隊とともに金剛型戦艦を伴う高速艦隊を編成し、通り魔的に真珠湾に砲撃を加え、敵の企図を阻止するものである」

作戦室内のざわめきが大きくなる。それを見て宇垣参謀長は口の端《は》を上げて笑みを浮かべた。

常識的なことを考えるなら、乙案こそ現実的だろう。

真珠湾のサルベージ作業を阻止し、戦艦群に完璧なとどめを刺すなら艦砲射撃で十分だ。畢竟《ひっきょう》、戦艦とは戦艦を撃破するために存在する。

そうなると空母部隊の意味も違ってくる。それは攻撃戦力としてではなく、戦艦部隊の直上の制空権確保となる。基地に侵攻し、対空火器の洗礼を受けるような危険は冒さずにすむだろう。

一部の海軍将校たちは、この作戦案に安堵していた。

甲案にせよ乙案にせよ、どちらの作戦を実行しても、真珠湾攻略とか占領という事態は含まれていない。それは、彼らがもっとも懸念していた作戦だった。

真珠湾占領は景気のいい作戦だし、仮に成功したら、アメリカに対して大打撃となるだろう。ただし、あくまでも成功したならばだ。

昨今は航空畑の陸海軍将兵の交流に刺激され、陸軍参謀本部や海軍軍令部の佐官クラスの交流も進んでいた。そうした場で、真珠湾占領のシミュレーションも非公式に行われていた。

その結果はなかなか難しい。ハワイを占領するのに、最低でも二個師団、日華事変の現場を考えれば、攻略に二個師団、治安維持の治安師団が二個の総計四個師団が必要というものだった。

攻略にあたった常設師団は攻略後に日本なり満州に戻すとしても、治安師団は三個必要となる。

それは陸軍にとって大きな負担であるが、海軍にとっても負担は小さくない。前提として、真珠湾の基地機能を完全破壊した後で占領へと駒を進められるのだが、そうなると海軍が進出するのは、基地としては使い物にならない瓦礫《がれき》の山だ。

真珠湾の海軍基地復旧も容易ではないが、それ以上に重要なのは補給だ。

まずハワイは、物資の多くをアメリカ本国からの供給に頼っている。食料自給はできないのだ。それをどうするのかという大問題がある。

占領したからには、市民に対して「飢えて死ね」とは言えないのだ。

よしんば市民のことは考えないとしても、真珠湾駐留艦隊と陸軍三個師団への補給問題がある。

米太平洋艦隊が日本を攻略するオレンジ計画の中でも、真珠湾から日本までの兵站線《へいたんせん》の長さが常に問題となっていた。

真珠湾占領となれば、同じ問題を今度は日本側が抱えることになる。南方の資源地帯の物資を日本に輸送するのにも船舶が必要なのに、真珠湾への補給のために少なくない船舶を手配することは容易ではない。

「支援作戦はどうなっているのです？」

将校の一人が尋ねる。つまりそれは、陽動作戦を行うかどうかという話だ。

甲案はもちろん、乙案にしてもそれなりの規模の艦隊が移動する。米軍側が日本軍の動きを監視しているのは間違いないだろう。

確かに真珠湾攻撃は成功した奇襲作戦であったが、あれは開戦前の作戦であり、すでに戦争状態のいま、同じように奇襲が成功するかどうかはわからない。

そうであればなにがしかの、敵の注意をそらせる作戦が必要になるというのは正論だ。

だが宇垣参謀長は、支援作戦については明確な案を持っていないようだった。

もっとも、それも当然と言える。甲案か乙案かが決まらねば、支援作戦に捻出できる戦力の見積もりも立たないからだ。使える戦力と使うべき場所、それで支援作戦の内容も変わってくる。

しかし、宇垣参謀長は支援作戦という言葉にしばし沈黙すると、一つの地名をあげる。

「真珠湾再攻撃の目をそらせられる場所は少ない。ニューギニア方面、おそらくはポートモレスビーへの攻撃か、あるいはミッドウェー島への攻撃となるだろう」

ポートモレスビーはともかく、ミッドウェー島の名前にその場はざわつく。そんな島の名前は、その場のほとんどの将兵が聞いたことがなかったからだ。それくらい従来の日本海軍の作戦の中では、軽い存在の場所だった。

「米豪遮断を軍令部が求めているならば、ポートモレスビーが支援作戦として望ましいのではないか」

そうした意見に対して別の将校が反論する。

「ポートモレスビーでは方向も距離も遠すぎ、陽動作戦としては不適切ではないのか」

「予想外の場所を攻撃するからこそ陽動ではないのか」

「ハワイ航路に向かう艦隊が発見されれば、それがポートモレスビーに向かうとは誰も考えまい。途中で発見されても、それがどこに向かうか特定できないからこそ、陽動の意味がある」

議論はだんだんと白熱してきた。西海岸を通り魔的に攻撃するという意見まで出てきたが、さすがにそれは現実味に欠けると破棄された。

そうして真珠湾再攻撃の支援作戦である陽動作戦は、ポートモレスビーかミッドウェー島の二箇所に絞られてきた。

　そうしたなかで一人の将校が発言する。

「支援作戦の戦力が過大になり過ぎないか？　相手を警戒させるだけの攻撃であるとしても、最低でも空母一隻は投入しなければなるまい」

　白熱していた議論は、この発言で一気に沈静化した。陽動作戦が本作戦よりも戦力過大では話にならない。

　そんな時、山本司令長官が口を開く。

「相手が一航艦だと思ってくれれば、それでよかろう」

第二章　陽動作戦

1

「直協機より入電。敵貨物船、北上中！」

支援船夏山丸の無線室に直協偵察機からの報告が入った。

夏山丸は、マレー作戦では陸海軍が共同で運用する陸軍徴傭船《ちようようせん》であり、船舶管理が海軍、偵察機の運用が陸軍という役割分担がなされていた。

マレー作戦以降の第一弾作戦では商船改造の支援船ながら、八面六臂《はちめんろつぴ》の活躍を見せてくれた。

そして今回の作戦にも、夏山丸は参加していた。海軍としては海軍作戦のために借りたいという意向であったが、陸軍は海軍がずるずると既成事実を積み上げて夏山丸を海軍の船にすることを恐れていた。

そこで、あくまでも陸軍の船であることを示すため、マレー作戦の時のように陸軍航空隊を乗せていた。

そこまでするなら海軍作戦に協力しなければよさそうなものだが、陸軍には陸軍の思惑がある。

海軍が戦域を拡大し続けるなら、その占領地は陸軍が兵力を出して押さえねばならない。しかし、陸軍としては中西部太平洋に兵力など出したくない。彼らの視線の先には、やはりソ連がある。

だからこそ海軍作戦に可能な限り関係し、海軍側の情報をいち早く入手し、対策を立て、問題があれば早い段階で海軍中央にかけ合うという意味があった。

それは夏山丸だけが担っているわけではなく、陸海軍航空隊にも同様の効果が期待されていた。

しかし、現場の太田海軍中佐と石川陸軍少佐は、あまりそうしたことを意識していない。

ほとんど武装のないこの支援船で、彼らは何度となく最前線に出ていた。そうした運命共同体の体験が、陸海軍という垣根を取り払っていた。

じっさい本来なら、陸軍の直協偵察機の通信を傍受できるのは陸軍の通信兵であり、夏山丸の通信科ではなかったが、そんな相手により陸海軍を切り替えるような面倒なことを前線ではやっていられない。

だから、すでに通信室は相手が偵察機でも艦艇でも、通信科が一括して担当していた。では陸軍の通信兵はというと、すでに夏山丸の通信科の一員として働いている。それが一番動きに無駄がないからだ。

「敵は、どう反応しますかね」

太田海軍中佐は石川陸軍少佐に意見を求める。

「直協偵察機は陸上機ですからね。敵は空母が近くにいると警戒するでしょう。潜水艦にとっては狙い目かもしれません」

「なるほど」

それは太田支援船長の考えとほぼ同じだった。

じっさい夏山丸は、外見だけ言えば空母に似ている。大きさは空母と比較にならないが、全通甲板もあり、空母的な性格なのは間違いない。

空母のような攻撃力はないが、相手が空母と誤認してくれれば牽制にはなるだろう。

「むしろ太田さんに確認したいのだが、敵が我々を空母と誤認し、集中的に攻撃をかけてこないのかな」

「その可能性は否定しません。しかし、あまりそれは考えなくていいでしょう」

「ほう、なぜ？」

「簡単です。我々は単独で航行しておりますが、空母を動かすとなれば護衛船舶やらなにやらで大所帯になる。なんせ軍艦であり、動くとなれば航空戦隊単位です。米海軍も真珠湾のことがありますから、我が軍の空母部隊の動向には神経をとがらせているはず。しかし、空母部隊が動いている兆候はない。そうなると、貨物船の報告だけでは米軍も動けない。

　空母部隊と戦うには、米軍とてそれなりの戦力を編成せねばなりません」

「しかし、現実に船舶被害が出れば？」

「航空機で船舶が沈められるなら、空母を探す気にもなるでしょうが、商船を攻撃するのは、我々からの報告を受けた潜水艦部隊です。

　つまり、損害は潜水艦によりもたらされますから、空母部隊の存在には、より懐疑的になるでしょう。偵察機がミッドウェー島行きの貨物船を発見したのなら、攻撃機が撃破するのが穏当な展開です。ですが、それは我々に関してあり得ない」

「なるほど。索敵に徹することが、かえって我々の安全に寄与するわけですか」

「そういうことですな」

敵貨物船の位置を関係する潜水艦部隊に通知してほどなく、二隻の潜水艦より了解した旨の返信が届く。

二隻の潜水艦は、ちょうど問題の貨物船の左舷側と右舷側にいる。だから、貨物船が偵察機に発見されたことで針路変更を試みても、どちらかの潜水艦に遭遇することになるだろう。

そして五時間後、伊号潜水艦より貨物船を撃沈したとの報告が入った。

2

「日本海軍がミッドウェー島の攻略を企《たくら》んでいるというのか」

ニミッツ米太平洋艦隊司令長官は、執務室で朝一番にレイトン情報参謀からその報告を受けた。

「すでに五隻の貨物船が日本軍の潜水艦により撃沈されています。ミッドウェー島の補給路を寸断する作戦と考えて間違いないでしょう。補給路を寸断したならば……」

「次は島の攻略か」

　ニミッツ長官はレイトンの報告を噛みしめるように考える。

「日本海軍にミッドウェー島を攻略する意味などあるのか」

　ニミッツ司令長官が知りたいのはそれだった。

　冷静に考えるなら、日本軍がミッドウェー島を維持するのは容易ではないだろう。兵站線《へいたんせん》が長すぎる。

「ミッドウェー島の用途としては、真珠湾の太平洋艦隊の監視基地という可能性が考えられます」

「監視基地か……」

　それは確かに理解できる理由である。しかしニミッツは、なおも納得できない。

　ミッドウェー島の基地から飛び立った偵察機で、真珠湾の米太平洋艦隊を監視するというのは、ほとんど意味がないからだ。

　敵機が真珠湾に到達する前に、レーダーがそれを察知して迎撃機が出る。それで終わりだ。

　確かに先日は日本軍の偵察機に遅れをとったが、あれは市民参加の演習にたまたま敵機が紛れ込んだことで起きた偶然である。

あの時でさえ、レーダーは敵機を捉えることに成功している。だから日本軍がミッドウェー島を監視基地にするというのは、可能性としてはあり得るとしても、あまり現実味がないような印象を彼は受けた。

それよりも、彼にはレイトンの報告で気になる点があった。

「撃沈された船舶は偵察機に発見されたとあるが、どんな偵察機なのだ？　この書類には偵察機としか書かれていないが」

そのことはレイトンも気がついていたらしい。

「それについては情報が錯綜しているので、あえてふれませんでした」

レイトンは不確実な情報は排除し、確実な情報だけをもとに分析する。そうした彼の態度からすれば、いまの態度は理解できる。

「情報が錯綜とはなんだね。偵察機で錯綜するような情報はないと思うが」

「五隻のうち三隻は、偵察機としか報告していません。ですが残り二隻は陸上機と報告しています」

「陸上機だと！」

それは重要な情報である。日本軍の基地が近くにない以上、陸上機が飛んできたとしたら、それは空母艦載機以外に考えられない。

　つまりミッドウェー島の周辺で、日本の空母が活動していることになる。

　ただ、このくらいの理屈が理解できないレイトンではないはずだ。ニミッツはどうしてそれを指摘しないのか、むしろそれが気になった。

「商船の乗員による陸上機という報告が、どこまで信頼を置けるのか、それに疑問があったためです。本当に空母であったとしたら、我々は作戦計画を練り直さねばなりません。

　それくらい大ごとになりますが、それを撃沈された貨物船の不確かな情報で決断すべきとは思いませんでしたので」

「君は、この証言のどこに問題を認めているのだ？」

「一番の疑念は、現時点で五隻すべてが雷撃により仕留められている点です。

　考えてください。空母艦載機が商船を発見したとして、なぜ潜水艦が仕留めるのか？　空母艦載機が撃沈するべきではないでしょうか」

「確かにそうだな」

　言われてみれば、その通りだ。空母が発見して空母が撃沈するほうが、話の流れとしては自然である。

「偵察機が発見し、潜水艦が仕留めるならば、偵察機は空母以外の軍艦から発艦したことになります」

「しかし、そうだとしても、どうして水上艦艇で攻撃しない。巡洋艦なら潜水艦以上の機動力が出せるだろう」

「艦載機を持っているのは巡洋艦か戦艦くらいしかない。それらが砲撃を行えば、彼らの居場所が特定されるでしょう。貨物船のいる場所が、敵艦艇のいる場所となります。

それによって真珠湾が巡洋艦狩りを始めたら、たぶんひとたまりもない。

これが空母なら、迎撃戦闘機で自分自身を守れるでしょう。ならば潜水艦に攻撃させる必要もない。空母自身で攻撃を仕掛ければいいのです」

レイトンが空母の存在に懐疑的である理由は、ニミッツ長官にも理解できた。

ただ、そうなると日本軍は何を目的としているのか？　それに対してレイトンは言う。

「状況から考えて、偵察機が陸上機というのは誤認でしょう。素人の船員が機種を正確に識別できるとは思えません。

だとすれば、航空機を搭載できる巡洋艦がミッドウェー島の航路を襲撃している。ただし、直接手を下すのは潜水艦です。全体の構図はこうしたものでしょう」

「それで、目的はなんだ？」

レイトンには、すでに結論が出ているらしい。

「自分は日本で駐在武官の時、山本と何度も話をしました。彼の性格と考えからすれば、彼はミッドウェー島などに価値を見出してはいないでしょう。彼はもっと価値のあるものを狙っています」

「それはなんだ？」

「米太平洋艦隊です」

「我々か？」

レイトン情報参謀はうなずく。

「日本海軍が手に入れてもお荷物なだけの島ですが、我々にとっては真珠湾防衛上の価値があります。そのミッドウェー島を攻撃する敵部隊があるならば、当然、米太平洋艦隊は出撃する」

「それを山本の艦隊が叩く。そういうことか」

「山本は我々の戦艦部隊に大打撃を与えましたが、空母は一隻も沈めることができなかった。

もしミッドウェー島での策動で空母部隊を誘導できたら、それを一網打尽にする。

それが山本五十六という男の思考法です」

「すると、日本軍の総兵力はどれほどなのだ？」

それに対してレイトンは意外な返答をする。

「戦力は巡洋艦と潜水艦程度と思われます」

「潜水艦に巡洋艦……それは過小ではないか。敵は我々を侮《あなど》っているのか」

「侮っているのではなく、出せる戦力がその程度なのです」

「その程度？」

「まず我々は一航艦の無線通信を追っておりますが、彼らの活動には大規模な作戦を行う動きがない。一部の空母はドック入りです。一航艦は当面動けません。

また、日本軍はインド洋方面まで戦線を拡大しています。大規模な作戦に投入できるだけの戦力予備はありません。そうなると、水上艦艇で空母を相手にするのは危険過ぎる。残るのは潜水艦だけです」

ニミッツはしばし、それに関して考える。

もともと海軍中央では潜水艦に関する仕事をしていた人物だ。日本軍の作戦意図の分析もできる。

「対潜防御を強化すれば空母は守れるか……」

水上艦艇への脅威は空母であるが、空母がいないとなれば、自分たちが圧倒的に有利ではないか。

「山本に思い知らせるには、どうすればいい？」

「日本軍の戦力は、潜水艦以外は一個戦隊程度でしょう。巡洋艦に駆逐艦が若干。それ以上大規模では補給の問題が生じます。潜水艦は相互通信が難しい。ですから一晩で巡洋艦とすべての日本軍潜水艦を撃沈すれば、山本には良いメッセージになるはずです」

3

「こういう形で配備されるとはな」

本川中尉は潜望鏡に目標を捉えた。友軍の支援船夏山丸だ。その姿が見えたことで、彼は少し自分の天測の腕を信じる気になった。

「よし。機関全速前進だ！」

「機関全速、宜候《ようそろ》！」

松本兵曹が復唱する。

彼らはいわゆる特殊潜航艇に乗っていた。この時期はまだ甲標的と呼ばれていた。

真珠湾攻撃に関して当初、甲標的も参加するという意見もあった。だが、それはある事情で中止された。

その事情とは、甲標的に統制型一〇〇〇馬力エンジンを搭載するという話である。話は昭和一六年一〇月までさかのぼる。

「一〇〇〇馬力の航空機用エンジンを搭載した高速潜航艇は実現可能である！」

それは、呉海軍工廠《こうしょう》の本来は水雷兵器を開発している人間たちから出てきた話らしい。

「統制型エンジンの機動力でもって移動し、最終局面になって潜航し、時速三〇ノット（約五六キロ）で突進する！」

この時速三〇ノットという数字に関係者はすっかり魅了されてしまった。

潜航中はどうするのかという質問に、彼らはこう返答した。

「酸素魚雷の技術を応用するのである！」

要するに、特殊潜航艇が魚雷のように水中を突進する時にはエンジンに酸素を供給する。ただし純粋酸素では爆発するので、最初は空気を投入し、その後、排気ガスに酸素を混ぜて統制型エンジンを稼働させる。

本当にそんな方法でエンジンが動くのかと本川は疑問だったが、工場内に設置された試作エンジンはちゃんと稼働した。

もちろんそれは実験室レベルでの成功であり、実戦での成功を約束するものではなかったが、時速三〇ノットの特殊潜航艇が実戦配備の射程圏内にあることだけは認めざるを得なかった。

呉の造兵官（どうやらそれは、機関将校でも造船官の職域ではなかったようだ）によると、水中でのエンジン稼動のためには通常の吸気管を閉じ、酸素ボンベの酸素に切り替える必要があるという。

じつはこの切り替えプロセスの中に空気と燃料の通常運転から、排気ガスと酸素の混合気に徐々に切り替える過程が必要だという。

「残念ながら、これればかりは人間が手で行うよりありません」

造兵官によれば、自動で行えるようにすべく改良中だが、いまのところ手動で切り替えるよりないらしい。

改良に手間取っているのは、現在の方法だと浮上してエンジンを稼働させ、それからボンベの酸素に切り替えるという手順が必要だからだ。

用兵的なことを考えるなら、潜航したままモーターから統制型エンジンに切り替えられるべきである。そこで酸素ボンベとは別に、エンジンを最初は空気稼働させるための空気ボンベも積み込む案があるという。

おそらくは現状の、浮上してエンジンを作動させてから酸素に切り替えるという方法ではなく、酸素ボンベ・空気ボンベの切り替えになるという。そうなると、エンジン部分以外は酸素魚雷とほぼ変わらない構造となる。

ただボンベの空気・酸素の切り替えはエンジンが航空機用の統制型エンジンであるため、酸素魚雷ほど自動的に切り替えるのは難しいという。

そんな話が出ていたため、真珠湾攻撃に甲標的が参加することはなくなった。

バッテリー推進で二〇ノット未満より、統制型エンジン搭載で三〇ノットが可能なら、誰だってそっちで実戦に出てみたい。

重要なのは、特殊潜航艇の関係者の多くがほかの海軍将兵と同様に、空母部隊で真珠湾の敵艦隊を全滅させられるなどとは露ほども考えていなかったことだ。

一航艦が無力とまでは思わなかったが、真珠湾奇襲で米艦隊が弱体化し、その状況で艦隊決戦に臨む。漠然とだが、彼らはそんなことを考えており、それならば艦隊決戦で暴れてやろうと考えていたのである。

ところが結果から言えば、真珠湾奇襲で米太平洋艦隊は壊滅しなかったとしても大打撃を被《こうむ》った。そして、彼らが待ち望んでいたような艦隊決戦が起こる可能性も雲散霧消する。

潜航しながら統制型エンジンを稼動できる甲標的は完成したが、攻撃すべき米戦艦の姿はなくなったのである。

そうしたなかで浮上したのが、ミッドウェー島封鎖のための船舶攻撃だった。

それまでは伊号潜水艦により行われてきたが、もともと主要な航路ではないミッドウェー島周辺に一等潜水艦を多数張りつけるのは非効率という声が現場から上がってきたのだ。

「伊号で商船を襲撃するならインド洋で行うべき」という意見に押され、連合艦隊や軍令部は、インド洋方面での交通破壊戦を展開する。

そして甲標的が夏山丸を母艦として、ミッドウェー島封鎖戦に投入されることとなったのだ。

さすがに彼らも、日本から自力で夏山丸のいるミッドウェー島周辺までは航行できない。そこまではアメリカ西海岸で交通破壊にあたる伊号潜水艦によって運ばれた。

五隻の伊号潜水艦で運ばれた甲標的は五隻。伊号潜水艦一隻が甲標的一隻を搭載した形だ。

作戦終了後、甲標的はクレーンで夏山丸に回収され、そのまま帰国することになっていた。ただし、秘密兵器なので状況によっては、彼らは甲標的を捨て、身一つで脱出することも覚悟しなければならなかった。

その夏山丸に、いま彼らは合流する。そこから彼らの初陣が始まるのだ。

甲標的の本川中尉らは夏山丸に到着し、同僚の甲標的の乗員らと歓談した翌日から配置につくことになった。

彼らの甲標的は開戦前に聞いていたものより、いささか複雑になっていた。もともと艦隊決戦の現場に直前になってから展開され、一撃離脱で敵艦を攻撃する潜航艇なので、瞬発力こそ要求されたが持久力は要求されていない。

しかし、今回の任務はある程度の航続力と持久性が要求された。偵察機が発見した敵艦を襲撃するため、現場に移動する必要があったためだ。

幸いにも統制型エンジンを搭載しているので、とりあえず燃料さえあればかなりの航続力は確保できた。ただそうなると浮上しての航行能力が必要で、潜航してのエンジン始動とは別に、それ用の機能も追加された。

　浮上航行能力自体は簡単な改造だったが、それだけ吸排気系の操作が煩雑になった。そのへんの自動化は相変わらず進んでいない。

　これに関係して燃料タンクを増設した分、甲標的の全長は長くなり、長時間の作戦用にトイレも増設された。乗員二人にとって、これは非常に重要なことだった。

　夏山丸側の運用も変わった。甲標的の持久力を向上させたと言っても、それはあくまでも特殊潜航艇の「当社比」の話で、伊号潜水艦などとは比べるべくもない。

　一週間分の水と食料を積み込むが、生活空間としてはそれが限界だった。

　そこで夏山丸とは別に、雑役船二隻が支援にあたることになった。甲標的は広範囲に散って敵を待ち伏せるので、それらに補給するのは夏山丸一隻では不可能だからだ。

　雑役船は一〇〇トン程度の木造船で、不時着した乗員の救難用に編入されたものだ。最初は一隻だったが甲標的の投入により、さらに一隻増やされた。

　本川中尉の甲標的は、僚艦とともに二隻で曳航《えいこう》され、順次、担当海域で切り離された。

　反対方向には別の雑役船が、やはり二隻の甲標的を曳航する。短期の活動では、この雑役船が母艦的に補給や休養の場を提供する。この夏山丸に支援される甲標的の中で一隻だけは、夏山丸が直接支援にあたる。

当面はこのローテーションで、一巡したら作戦の第一期は完了とされ、その結果により爾後《じご》の活動を決めるとなっていた。

一〇〇トンの木造船に思い入れなどないと考えていた本川中尉であったが、いざそれが視界の中から消えると、不思議な寂しさがあった。これから一週間は松本兵曹しか口をきける相手はいない。

雑役船の乗員とて二〇人程度に過ぎないが、それでもあの船は、自分たちと日本社会との接点だった。太平洋に自分たちだけとなって、本川はそう感じた。

それでも本川と松本は暇を持て余すことなどなかった。むしろ多忙で仕事に追われていた。

なにしろこの特殊潜航艇には二人しか乗っていない。機関の整備は松本の担当だが、それだけでも時間を食う。統制型エンジンだけでなく、蓄電池やモーターの点検もしなければならない。

本川も同様だ。天測で自分たちの現在位置を伝えるほか、無線による報告と指令の傍受。特に偵察機が何か発見した場合には、そこに向かう計算も必要だ。

「忍耐もまた仕事か」

4

SBD急降下爆撃機は周辺海域を飛行していた。レーダーに船舶らしき反応があったためだが、距離が遠いためか、いまひとつはっきりしなかった。

周辺海域は公海上であるが、アメリカ領の島嶼《とうしょ》にも近い。可能性は低いが、遠洋漁業の漁船が活動している可能性もなくはない。

レーダー手の予測では、木造の漁船ではないかという。ただアメリカにせよ日本にせよ、こんな時代に遠洋漁業を行うのは明らかに不自然だ。

では、日本軍の艦艇かといえば、それも素直には信じがたい。木造漁船程度のものをこの海域に展開して何をするのか？

活動中の日本軍潜水艦の支援ではないかという説もないではなかったが、潜水艦より漁船のほうがずっと小さい。そんな船舶に補給を行わせるというのは、かなり無理のある話に思えた。

だからこそ、ＳＢＤ急降下爆撃機は空母ヨークタウンから偵察飛行に飛び立ったのだ。

「機長、どうしてわざわざ木造船を確認するんです？」

パイロットは後部席の機長に尋ねる。

「我々は隠密行動を取るんじゃないですか？　敵を奇襲するために」

「そうじゃないだろう」

機長は答える。

「敵部隊をおびき寄せるためにも、こちらに空母があることは匂わさねばならんのだ。それがバックマスター艦長の考えだろう」

「しかし、空母がいるとわかったら逃げませんかね、敵は？」

「いや、活動中の敵部隊は主力が到着するまで逃げられんさ。奴らは俺たちが狙いなんだぞ」

空母ヨークタウンのバックマスター艦長は、護衛の駆逐艦二隻のみを従え、ハワイとミッドウェー島の中間より、やや北方海域を航行していた。

そこが日本海軍によるミッドウェー島封鎖の最前線であるからだ。

米太平洋艦隊の分析では、日本海軍はミッドウェー島を封鎖することで、米太平洋艦隊主力が出てくることを望んでいる。米太平洋艦隊が現れたところで、奇襲をかけてくると分析していた。

だから、あえて護衛の少ない空母を出して日本海軍を誘い出そうとしているのである。

当初は、活動中の日本部隊を壊滅させるという計画であった。しかし、ニミッツ司令長官の計画はワシントンでは認められなかった。

「空母を出して巡洋艦と潜水艦をすべて撃沈するというのでは、戦果としては面白くない」

要するに、米政府としては大戦果がほしいのだが、巡洋艦と駆逐艦、潜水艦の小規模部隊では規模が小さい。少なくとも敵空母なり戦艦を撃破したいというのである。

そこで戦力を変更しないまま、日本海軍を挑発する作戦となった。もっともニミッツやレイトンの考えには、ワシントンの意向はあまり影響していない。

現場部隊が全滅すれば日本海軍は動くはずで、敵部隊を全滅させるのに空母を前面に押し出せば、なおさら敵は後に引けなくなる。

よしんば日本海軍が思惑通りに動かなかったとしても、ミッドウェー島の封鎖は解除されるから、米太平洋艦隊としては問題にはならない。

つまり、作戦目的は変わったようでいて、ほぼ最初の作戦計画のままということだ。

「機長、あれが問題の木造船ですね」

航法員が指さす海上には雑役船がいた。

「思ったより大きいな」

「遠洋トロール漁船ってところでしょうか」

「国籍は日本の旗で明らかだな」

「どうします、機長？」

「どうしますって何が？」

「攻撃するかってことですが」

偵察でもSBD急降下爆撃機は一〇〇〇ポンド爆弾を搭載していた。おおむね五〇〇キロ爆弾相当だ。

これを投下すれば、一〇〇トンになるかならないかの木造船など木《こ》っ端《ぱ》微《み》塵《じん》にできる。爆撃をしないとしても、機銃掃射だけでも大打撃になるだろう。

「まず写真撮影だ」

「撮影後に攻撃ですか」

「攻撃はしない」

　機長は航法員にそう告げる。

「攻撃しないで、どうするんです？　漁船だからですか？　でも、この海域で活動する敵船舶は無条件で攻撃されると合衆国政府は宣言していますよ」

「正確には安全を保障しないだ。そんな毎度毎度律儀に攻撃していられるか。それにあれは漁船じゃない。漁網なんか見えないだろ。

　船尾の甲板が広いのは作業用だ。雑役船の類《たぐい》だろう。真珠湾にもあっただろ、あんなのが」

「なら、なおさら……」

「米軍機は雑役船を漁船と誤認して攻撃しませんでした。敵にはそう思わせろ。重要なのはな、敵に米空母が活動していることを教えることだ。

　いいか、奴らが漁船を装うなら、俺たちはそれを利用して山本の艦隊を釣り上げるのだ！」

5

雑役船が米空母艦載機と遭遇したという報告は、すぐに夏山丸に伝達された。

雑役船にはカメラが積まれており、低空で雑役船の周囲を観察していた敵機の姿を乗員が撮影していた。

すぐに夏山丸から直協偵察機が飛ばされ、カメラのフィルムはその飛行機に回収される。

雑役船のマストからワイヤーを張った長い竿がV字型に展開された。直協偵察機のフックがワイヤーを引っかければ、フィルムを入れた容器もワイヤーごと回収されるわけだ。

これは現場の発案であったが、STOL性能の高い直協偵察機には最適な方法だった。むしろ戦闘機などではうまくいかなかっただろう。

夏山丸ではすぐにフィルムが現像され、それが間違いなく空母艦載機のSBD急降下爆撃機であり、尾翼の記号から空母ヨークタウンの艦載機であることも明らかになった。

太田支援船長は、すぐにそのことを連合艦隊司令部に打電した。連合艦隊司令部はこの報告を受け、現在進行中の作戦をどうするかを検討した。

連合艦隊の乙案に基づき、部隊はすでに前進していた。真珠湾奇襲隊の指揮官は三川軍一《みかわぐんいち》中将。

部隊の編成は支援のタンカーを除けば、高速戦艦比叡と霧島、軽空母祥鳳《しょうほう》、航空巡洋艦利根、それに一個駆逐隊の総計八隻である。

三川司令長官は、利根の水偵を前方哨戒に出すことで、最大限、敵との接触に留意した。

じつは旗艦である比叡には、電波探信儀という装置が搭載されていた。メートル波で航空機と大型水上艦艇の有無を確認できるという。

この機材も、練習航空隊による陸海軍機材共通化の副産物だった。最初に開発したのは陸軍で、飛行場大隊関係者からの要請による。

大陸の陸軍航空基地は当然のことながら、敵の攻撃目標となる。主として敵の爆撃機による攻撃を受けるわけだが、それによる稼働機の損失は無視できないものがあった。

そこで、電波によって敵機を早期に察知する機材が開発された。じっさいのところ、陸軍が電波による航空機探知を企図したのは、それなりの蓄積があった。きっかけには諸説あるが、もっとも有力とされるのは、昭和二年の東京大学の鯨井《ぐじらい》教授による「超短波と飛行機」という航空機からの電波反射を探知する研究とされる。

これに刺激され、陸軍科学研究所が電波により航空機を探知する研究を開始した。軍用機でさえ複葉機が主流の時代である。ただし航空機の技術動向として、全金属単葉の時代が来ることは誰の目にも明らかだった。航空機が高速化するのは間違いなく、将来のために早期警戒手段を研究するのは重要な問題とされたのだ。

ある意味で幸運だったのは、この問題が航空機無線の開発時期とほぼ同じだったことで、広義の電波兵器として両者の開発が行われ、海軍も航空機用無線機開発の流れで参加することとなった。

ただ海軍は「軍艦の側から電波を出すのは、闇夜に提灯を灯すようなもの」として、当初は探知機より航空機用無線に傾注したという。

ところが初期実験で、陸軍の電波警戒機が海軍艦艇の横須賀への出入りを確実に捉えたことで、海軍側の関心も高まった。

陸軍としては航空機のような小さな物は難しいから、まずは戦艦のような大きな物でとの認識だったが、海軍としては夜間航行用の機材として、電波警戒機が使えるのではないかと考えたのだ。

闇夜に提灯と言っていた海軍も、ここで提灯は足元を照らす道具であることに気がついたわけである。

ただ陸軍の電波警戒機は送信機と受信機の間に移動物体が入ることで、ドップラー効果により唸りが生じることで接近を探知するという原理であるので、海軍が望んでいた機械ではなかった。

また、陸軍も実験中に電波の送信局が匪賊《ひぞく》に襲撃されて破壊されるという事件が起こり（匪賊は無線の通信局を襲撃したと思っていた）、送信局と受信局を分離する方式は見直しを迫られた。

こうして送信と受信を同じ局が行い、受信側は反射波を傍受する形に切り替えられた。この方式が効果的であることが最初に確認できたのは、ノモンハン事件の時であった。

後方の航空基地に据えたのだが、ソ連軍機をいち早く察知し、迎撃機がそれを撃墜した。ただこれだけのことで、戦果はこの一例だけであり、ノモンハン事件そのものも実験機材を据えてから、すぐに終結した。

そのため実戦経験というにはあまりにも乏しい戦果ではある。しかし、電波警戒機で何ができるのかは、飛行場大隊のほかの関係者には強い印象を残すこととなった。

海軍航空隊も、陸攻隊を襲撃してくる敵戦闘機隊に悩まされていたが、陸軍の電波警戒機により敵戦闘機隊の所在を確認し、近隣の航空基地から迎撃機を出して一掃するという作戦を立て、大成功に終わったことがある。

ただ陸海軍の基地隊は電波警戒機の存在を秘匿していたため、新聞などでは遭遇戦での大勝利として喧伝されていた。

また海軍においては、対空警戒についての実用性は認められたものの、艦艇に搭載できるかどうか、どのように搭載し、誰が扱うのかという問題があった。

これに関しては、海軍技術研究所が小型化に着手し、満足する性能を得たので、それが高速戦艦比叡に搭載されていた。

海軍では電波警戒機は電波探信儀と呼ばれたが、いま現在、それが航海科担当の電波兵器であるためだった。警戒ではなく探信であるというこだわりのためらしい。

名称は異なるが、陸海軍で同じ装置である。

陸軍の場合、それは車載の電波警戒機としてまとめられ、二台のトラック（一台は電波警戒機本体、もう一台は発電機や関連機械）で前線まで運ぶような運用が行われた。

三川司令長官も電波探信儀についての説明は受けていたが、いまひとつよくわかっていなかった。ただ航海兵器として航海科に運用は任せていた。こうして作戦は進められていたのである。

「長官、敵空母への攻撃は行いますか」

参謀長の質問に三川司令長官は驚いた。

「敵空母への攻撃だと。どうやって？」

それは三川の本心だった。なるほど敵味方ともに空母一隻である。しかし、米海軍のは大型正規空母、対する祥鳳は小型の改造空母である。

艦載機数からして違いがあり、搭載機数で言えば相手三に対してこちらは一くらいだろう。

むろん、やれば敵空母を撃沈することは可能かもしれないが、その場合は祥鳳もまた確実に沈められるだろう。

そもそも祥鳳の役割は真珠湾奇襲部隊の護衛であり、そのため戦闘機比率も高められている。だから敵空母から艦隊を守ることは可能だ。

しかし、こちらから敵空母を攻撃することはできない。それに、自分たちの任務が真珠湾でサルベージ中の敵軍艦を破壊する点にあることを思うなら、空母は攻撃できない。

敵空母は一隻だが、真珠湾でサルベージされている軍艦はその数倍あるのだ。

「忘れるな、我々の敵は真珠湾にある。むしろいまは空母を遠ざけておけ」

6

「空母がいるのか」

「夏山丸によると空母ヨークタウンだそうです」

本川中尉は松本兵曹の話に、すぐに位置を計算する。通信担当の主務者は本川だが、時間ごとに松本とも交代していた。

ほかの業務もそうしている。二人しかいない特殊潜航艇なのだ。主な役割分担は違っても、二人ともひと通りの作業は一人でできる。

「雑役船の周囲を低空で旋回して戻っていったそうです」

「漁船と誤認したんじゃないかという話です。あれは木造船ですから」

木造船だから漁船と誤認したという話は、本川にはいささか信じがたかったが、攻撃されなかったのは事実だ。

爆弾投下ができなかったとしても、機銃掃射は可能だっただろう。おそらくは非武装でもあり、攻撃する価値はないと判断されたのだろう。

「この海域だと、ミッドウェー島から飛んできたという可能性はないのか」

「それなんですが、尾翼のマークを分析したら空母ヨークタウンの所属機とわかったそうです」

「なら、やはり空母からか」

状況は悪くないと本川中尉は考えていた。

自分たちの活動目的は、真珠湾攻撃部隊の目をそらす点にある。いま空母がミッドウェー島方面に展開しているというのは、まさに作戦が図に当たったということだ。

「どうだ、敵空母と接触できると思うか」

松本は、その話に驚きもしない。商船攻撃ではなく、軍艦攻撃のために開発された甲標的なのだ。空母攻撃はむしろ当たり前の用法だろう。

「いまのところ、ほかに空母艦載機と遭遇した雑役船も甲標的もありません。敵機が雑役船を発見したのが前方哨戒のためとすれば、空母は雑役船の後ろにいたことになります」

SBD急降下爆撃機が飛んできた方角は、西のほうという非常に漠然としたものだった。それは仕方がないだろう。

ただ、じつは彼らの甲標的も雑役船のおおむね西側にいた。だが、彼らはSBD急降下爆撃機などとは遭遇していない。

つまり、自分たちが見渡せる範囲の外を敵機は飛んでいたことになる。それである程度は領域を狭められた。

「基本的に敵空母がミッドウェー島の防衛を目的としているなら、島からそう遠くは離れられませんね」

「航路の安全確保が目的なら、日本船籍の船がいたら貨物船を通過させることもないだろう。雑役船の存在する領域を航路から外し、その貨物船を空母から守れる領域か」

そうした分析を松本と行いながら、本川は甲標的の針路を決める。そこに空母があるなら、攻撃しないという手はない。なによりも統制型エンジンによる水中三〇ノット攻撃を実現したいのは、自分だけではないはずだ。これは同じ甲標的の仲間のためでもある。

甲標的は浮上しながら一四ノットで移動していた。浮上といっても予備浮力のほとんどない甲標的では、司令塔が出ている程度に過ぎない。

それでも本川は空を見る。相当接近しないと空母の姿は見えないはずだが、飛行機ならわかる。

ただ、それはなかなかの苦行ではあった。

船として考えた時、浮上した状態での甲標的は波をかぶるし、動揺も激しい。船体に対して馬力があるから進んでいるが、正直、潜航している時のほうが安定して航行できるだろう。

本川にはわからなかったが、安定していない甲標的の航跡は、上空からは波にまみれて判別不能だった。

そして、彼は前方から何かが接近してくる姿を捉えた。友軍機がこの界隈にいないのはわかっている。

「来たぞ。敵機だ！」

7

「SBDからの報告では、該当海域に船舶の姿は見られないそうです」

通信科からの報告にバックマスター艦長は当惑した。レーダーに反応があったから偵察機を出したのに、その偵察機からは何も船舶がいないという反応が返ってきたからだ。

「本当にレーダーに反応があったのか」

バックマスター艦長はレーダー室に再確認する。いつもならこんな確認はしないのだが、今回は特別だ。なにしろ自分たちが囮になり、敵艦隊を誘い出そうというのだから。

「反応はありました。ただ……」

「ただ、なんなのだ？」

「反応が弱いというか不安定でした。強くなったり弱くなったり」

「例えば、相手が潜水艦の司令塔だから反応が安定しないというようなことはないのか」

「潜水艦の司令塔でも浮上しているからには、いまのように反応が不安定にはなりません。遠距離ならその可能性もありますが、反応は近距離でした。

仮にこの距離で反応があるとしたら、その前に発見されていなければおかしいです」

「考えられるのは、潜航中の潜水艦が浮上したような場合か」

「そうなります。じっさいレーダーによれば、その物体は一四ノットは出していました」

「しかし反応は不安定で、偵察機は発見できなかった」

「レーダーにも反応はありません、いまは」

バックマスター艦長にも、どうにも理解できない。日本海軍の潜水艦がこの海域で活動しているのは、わかっている。

だからレーダーが浮上した潜水艦を捕捉したとしても、それは不思議でもなんでもない。しかし、偵察機は潜水艦を発見できなかった。

偵察機が戻ってきたため、艦長はパイロットたちに詳しい状況を確認する。

「一四ノットで航行していたというのが、まず信じられません」

偵察機の機長が言う。

「レーダーが発見し、我々が移動するまでの時間を考えるなら、仮に潜水艦が急速潜航したとしても、航跡は残っていなければおかしいです。なにしろ一〇〇〇トン、二〇〇〇トンって船が一四ノットで移動しているのですから。

しかし、我々はそうした航跡を目撃することはありませんでした」

「わかった。ご苦労」

わかったと言ったものの、わかったのはパイロットたちの証言だけで、状況はさっぱりわからない。結局、潜水艦はいたのか、いなかったのか？

バックマスター艦長は部下たちの話の最大公約数から、超小型の潜航艇が一四ノット出せばレーダーの反応も不安定だし、航跡も残らないと思った。

しかし、そんな潜航艇が日本にあるとは思えない。技術的な問題もさることながら、運用面でもそんな兵器を開発するとは思えない。

小型潜航艇は航続距離も短ければ、武装も貧弱で渡洋性能も低い。運用面では制約が多く、わざわざそんな兵器を開発するメリットはない。

沿岸防備用というならば、まだ話もわかるが、ここは太平洋のただなかであり、小型潜航艇を運用するような環境ではない。

冷静に考えるなら、敵艦を発見したのはレーダーだけであり、しかもその反応も非常にあやふやだった。どうしてそんな反応が起こったのかは気になるが、いずれにせよ、それは誤認と解釈したほうがいいだろう。

よしんば潜水艦だったとしても、彼らが潜航しているのなら、空母ヨークタウンに追いつけるわけはないのだ。

じっさい空母ヨークタウンに異変はなかった。ただレーダー室はその後も二度ほど、レーダーへの反応を報告してきたが、やはり何も発見できない。

しまいにはレーダー室自身が、レーダーの不調の可能性を報告してきた。

「どうも同じ方位の同じ距離で反応が現れます。機械的な問題かもしれません」

その説明は、確かにバックマスター艦長を納得させるものだった。レーダーは画期的な兵器とはいえ、未完成の部分も多い。海面の反射か何かを敵艦と考えたとしても不思議はない。

深夜になり、風向きが不穏になってきた。そして、駆逐艦の一隻が海中からエンジン音を捉えたと言ってきたのだ。

「エンジン音？　ディーゼルか？」

ディーゼル音なら艦艇の可能性は高くなる。しかし、駆逐艦の聴音員は違うという。

隊内無線電話を通じた通信科同士のやりとりの中で、通信室から艦長へ報告がある。

「ディーゼルではなく、自動車のエンジン音のような音だそうです」

「モーターボートでもいるというのか」

そんなことを考えてもみたが、どこからモーターボートが現れるというのか？　艦艇搭載のランチか何かならエンジンはついているが、そうだとしても夜間にこんな場所で何をするというのか？

エンジン音は近くで発しているらしいが、聴音機ではわからないという。ごくごく至近距離まで接近しているのでなければ、エンジン音そのものをヨークタウン内部から拾っているかだ。

「格納庫か！」

バックマスター艦長は気がついた。ヨークタウンは空母であるから、格納庫でエンジンテストを行えば、その音を拾うこともあるのではないか。

むろん、過去にそんな報告は受けていない。受けていないが、この時間にエンジンテストを行うようなことがあったとすれば、何かの偶然で聴音機が拾ってしまうようなことが起こり得るのではないか。

艦長がそれを確認しようとした時、衝撃が空母ヨークタウンを襲った。

8

「発動機始動！」

本川中尉の号令とともに甲標的のエンジンが始動する。最初は空気タンクから始動し、エンジンは問題なく稼働する。

すぐに排気ガスと酸素の混合を、エンジン音を確認しながら調整する。

訓練では何度も行った作業で、いままで大きな失敗はしていない。しかし、慣れるという感覚はいまだにない。

エンジン始動の難しさを叩き込まれた人間としては、この潜航艇用の統制型発動機の潜航状態での始動とは、常に真剣勝負だ。

もっとも、始動しなかった場合の対策も彼は考えていた。教範のどこにもそんなことは書いていないが、クラッチでモーターと発動機を接続し、モーターの力で強引に回転させて始動させるのだ。いわば蓄電池推進用のモーターをセルモーターとするわけだ。

第一線の軍用機はセルモーターで始動するらしいが、特殊潜航艇の統制型エンジンは比較的初期型なので、エナーシャーを使わなければならなかった。構造がこれ以上複雑になることを嫌ったのか、そのへんはわからない。ともかくエンジンは始動した。

「速力三〇ノット!」

「速力三〇ノット、宜候!」

本川も松本も覚悟を決める。

ここから先は計器盤だけが頼りだ。水中聴音機もこの速度では役に立たない。ジャイロと速度計と時計、そして速度計と連動した距離計だけが頼りだ。

距離計は速度と時間を積算し、移動距離を出して行く装置だ。しかし、本川が見ているのは速度計と時計だ。

自分がいまどこにいるのか、それについて常に自覚的であらねばならないと考えるからだ。

エンジン始動前に射点の位置は確認した。空母は直進していたから攻撃計画は単純だ。

射点に到達するタイミングを読みながら、本川はレバーを握る。

「エンジン停止！」

本川は統制型エンジンを止める。この時、すでに聴音機は使えている。

駆逐艦が高速で動いている音が聞こえた。さすがに水中を三〇ノットで移動すれば、駆逐艦も気がついたらしいが、すぐに見失ったのだろう。

彼我《ひが》の距離は五〇〇メートルのはずだった。潜望鏡で確認すると、おおむね計算通りだ。予定の位置に空母のシルエットがある。

すぐに彼は酸素魚雷を順番に二本発射する。そして自分自身は、空母と駆逐艦から離れる方向にモーター推進で移動する。

酸素魚雷が命中するのにさほどの時間はかからなかった。二発の魚雷はどちらも命中した。

「やったぞ！　我、ヨークタウン級空母を撃破せりだ！」

9

「雷撃だと！」

バックマスター艦長には、その雷撃が信じられなかった。それを信じるのであれば、レーダーの不可解な反応もまた信じなければならなくなる。

とにかく、いまは雷撃という事実に対処せねばならない。しかも、状況は深刻だった。

船内は火災が起こり、しかも片舷に二発の魚雷を受けたため急激に傾斜している。

しかも空母ヨークタウンは敵艦隊を返り討ちにするという前提で、定数以上の艦載機を擁していた。それらが格納庫内で火災を起こし、さらに誘爆にまで至る。

それでも一時は艦を救えるかと思われた。だが、燃料パイプの亀裂が起きており、そこから燃料の漏出が始まっていた。

何がきっかけなのか、燃料と空気の混合比が危険な状況の時に着火があった。空母ヨークタウンは艦内から爆発した。

数時間後、空母ヨークタウンは雷撃処分により海中に没した。

第三章　真珠湾再攻撃

1

「ヨークタウン級空母を雷撃により撃沈」

その報告を受けた時、三川軍一司令長官は本気で何かの間違いかと思った。

ミッドウェー島近海にいま配備されているのは特殊潜航艇だ。特殊潜航艇の魚雷をもってすれば確かに空母を撃沈することは可能だろう。

しかし、それは特殊潜航艇が艦隊決戦のような状況で、敵艦の近くにいるような状況での話だ。基本的に夏山丸の偵察機が獲物を探し、潜水艦部隊が攻撃するのが部隊の役割だ。

しかし新しい戦闘序列では、伊号潜水艦は戦域から引き上げ、その代わりを特殊潜航艇が務めることとなっていた。

彼らの役割は、交通破壊戦で敵の目を真珠湾奇襲部隊からそらすところにあった。

正直、三川司令長官としては作戦も終盤であるから、特殊潜航艇を投入したとしても作戦に大きな影響はないとの認識だった。

三川司令長官は、投入された特殊潜航艇が統制型発動機を搭載し、時速三〇ノットを可能としたことまでは把握していなかった。

彼の知識は旧式の甲標的でとまっていたから、それらが戦果をあげることもほとんど期待していない。まして空母ヨークタウンを撃沈するなど、想像もしていなかった。

しかし、現実に空母ヨークタウンは撃沈されたらしい。なぜなら比叡の通信室が、ヨークタウンからの緊急電を傍受したためだ。

「恐ろしいほどまでの偶然が甲標的に味方したらしいな」

それが三川司令長官の理解である。それよりも彼には、より重要な検討課題がある。敵空母撃沈という事態に、どう対処するか？

「特に方針を変える必要はないでしょう」

それが参謀長の意見であった。

「特殊潜航艇により撃沈されたことを知っているのは我々だけです。敵は潜水艦に撃沈されたと思っているでしょう。

つまり敵から見れば、日本海軍の有力部隊がミッドウェー島に展開していることになる。敵の目をそらせるという役割は十分に果たせたことになります」

「作戦は順調ということか」

確かに参謀長の言う通りだった。陽動部隊が十分にその役割を果たした。つき詰めれば、そういう話だ。

それでも三川司令長官がすっきりしないのは、本来なら在泊中であったかもしれない敵空母を、自分たちではなく支援作戦の陽動部隊が撃破してしまったこと。そこにあるのだ。

この事実が彼に戦果を喜ばせるよりも、むしろ苛立《いらだ》たせていたのだ。

「まぁ、空母が撃沈され、サルベージ中の戦艦も完全に破壊されるとなれば、敵には大打撃だ」

三川司令長官は、そう自分を納得させた。

2

空母ヨークタウン撃沈の悲報は、すぐに米太平洋艦隊司令部の知るところとなったが、それは非常にまずいタイミングでもたらされた。

その三〇分ほど前、レイトン情報参謀は最新の情報を携えて、ニミッツ司令長官に向かった。

「戦艦、空母を伴った日本軍部隊が北太平洋を移動中のようです」

それはラバウルからもたらされた情報だった。オーストラリア軍は現地人を訓練し、諜報活動に用いていた。

そうしたなかで、ラバウルから出航したタンカーがあったという。

不可解なのは、タンカーはラバウルでは何もしないに等しかった。と言うより、そもそもラバウルにタンカーが入港するのが不思議だった。

なぜならラバウルは占領されたばかりであり、港湾施設も整備されていない。タンカーから燃料タンクまでのパイプラインさえない。

現状、ラバウルでは貨物船に石油を詰め込んだドラム缶を輸送する形で燃料補給が行われていた。だからタンカーが来ても仕方がない。

もちろんタンカーにはラバウルで必要な機材も積まれていたので、まったく無駄というわけではない。

ただ現地人の諜報員は、この不自然なタンカーの動きを見逃さなかった。そこで日本語がわからないふりをしながら、日本軍を監視していた。彼はラバウルの日本陸軍のために雑用をしているとのことだった。

そして彼は、「タンカーは主力部隊のためにこのまま北上する」「主力部隊は戦艦二隻と空母を伴う艦隊」「潜水艦部隊と連動した作戦である」、そう報告をしてきた。

正直、扱いに困る情報でもあった。有意義なのは戦艦と空母を伴う部隊で、潜水艦部隊とも連携という点だけだろう。

ただ第四艦隊司令部の雑用をしているわけではなく、陸軍部隊の雑用では艦隊の正確な動きは期待するだけ無駄だろう。むしろ戦艦と空母の存在がわかっただけでもよしとせねばなるまい。

なによりも、日本艦隊をおびき寄せるという目的が成功していることは確認できたのだから。

「おそらく日本艦隊にとっても、空母ヨークタウンの撃沈は計算外のことだったと思います。潜水艦に託しているなら空母や戦艦までは投入しないでしょう」

レイトン情報参謀の分析は、ニミッツ司令長官にも納得できるものだった。

「しかし、現状はどうすればいい？」

ニミッツ司令長官にとって重要なのはそれだ。日本艦隊が動き出した。それに対してどうするか？

「幸か不幸か、空母ヨークタウンは非常に手薄な護衛で活動していました。敗因はそこにあります。

現在、真珠湾にはホーネットが在泊しております。ホーネットの護衛を厳重にし、潜水艦の脅威を排除しつつ、ミッドウェー島に向かう敵艦隊を空から攻撃すれば、敵部隊の撃滅は可能なはずです」

「敵空母は何かわからないのか」

「一航艦の空母六隻の中で、一航戦と二航戦が整備中なのはわかっております。どの程度の整備かは不明ですが、最低でも一ヶ月は動けますまい。

五航戦だけはドック入りもしておらず、正確な所在地は不明です。可能性としては、瑞鶴と翔鶴の二隻でしょう」

「瑞鶴と翔鶴の二隻を、ホーネット一隻で撃沈可能か？」

「敵がホーネットを発見する前に、こちらが敵空母を発見する。それが可能なら、空母ホーネットで各個撃破できます。

いまなすべきことは、ミッドウェー島方面の索敵の強化です。敵を飛行艇が発見するなら、空母の存在は隠せます。

そして、ミッドウェー島に陸軍のB17部隊を展開すれば、ホーネットだけではなく、ミッドウェー島を空母として使えます」

「ホーネットと合わせて空母戦力は二対二か」

3

ミッドウェー島に向かっていた一八機の陸軍航空隊のB17は、燃料と爆弾の重量調整をしながらも、一〇〇〇ポンド爆弾を搭載していた。

それは航路上に日本軍部隊が活動しているからであり、それらと遭遇した場合には攻撃をかけるためだ。

このあたりは、米太平洋艦隊と陸軍航空隊で明らかに認識の違いがあった。

海軍としては、日本軍に対する伏兵として陸軍航空隊に期待していた。だからいまの段階では、単にミッドウェー島にさえ移動してくれればいいのであって、中途半端な攻撃は避けてほしいというのが本音だ。

対する陸軍は、自分たちこそが日本艦隊を撃破すると士気も高い。航空機が戦艦も撃沈できるという事実に、彼らはＢ17爆撃機に強い期待を抱いていた。

この点で陸海軍には認識の相違があったのだが、重要なのは、陸海軍当局者がこの認識のズレを理解していなかったことだ。

つまり陸海軍ともに、自分たちの流儀で事を進めるのに何も疑問も抱いていなかったのである。

だから彼らがそれを認めた時、隊内無線では歓喜の声が飛び交った。

「左前方に敵空母！」

航空機からの艦艇識別は非常に困難で、海軍でも特別のカリキュラムが必要なほどだった。まして経験の少ない（彼らは日本艦隊と戦ったことがないので、日本艦隊がどんなものかわかっていない）ため、その技量には疑問があった。

それは陸軍航空隊将兵も感じていたが、その船だけは間違いないと思った。

なぜならその船には飛行甲板があり、飛行機の姿も見えたからだ。

もっとも、それは彼らの責任ばかりとは言えない。どう見ても空母にしか見えない夏山丸の形状にも責任の一端はあるだろう。それを責任というのが適当かどうかは、さておいて。

日本軍の空母は、甲板上の飛行機をまず発艦させた。各機の機長が対空戦闘準備を命じる。

しかし、実際に発艦できた飛行機は四機に過ぎず、しかも驚くべきことに彼らは空母から逃げるような素振りを示している。

「空母を守らないのか！」

むろんB17の搭乗員たちには、その判断の妥当性を理解できた。一八機のB17に四機の戦闘機では勝てるわけがない。

勝てるわけはないが、それでも一矢《いっし》も報いることなく逃げるというのは、やはり信じられない反応だった。

さらに不可解なのは、空母から対空火器の応酬がないことだ。自分たちの攻撃が奇襲だったとしても、何か反撃してもいいだろう。

ただ空母は、自分たちのことがわからないわけではないらしい。飛行機は発進したし、空母自体も針路変更で逃げようとしている。

それはいままで耳にしてきた日本軍の動きとはずいぶんと違う気がした。それでも空母からは、さらに飛行機が何機も飛行甲板にあげられては発進して行く。

Ｂ17の搭乗員たちは、それにかすかな違和感を覚えた。距離や速度感覚が何かおかしい。空母は遅いのに飛行機は発艦し、滑走距離は短く、離艦速度は妙に遅い。

それでも爆撃隊の関心は、やはり爆撃にある。

彼らは照準器で敵空母に照準を合わせる。空母の速度は二〇ノットも出ていなかったが、爆撃手にとってそれは違和感より好都合という意識しかなかった。

そして、一八機のＢ17爆撃機は隊列を組みながら、爆弾を投下する。

それらは一〇〇〇ポンド爆弾であり、一機一発しか積んでいなかったが、一八機で一八発が投下される。

爆弾の大半は周辺に落下した。空母は思っていたより小さいようだ。しかし、それでも二発の爆弾が命中した。

それらは飛行甲板に命中したが、そこを貫通して艦内で爆発した。一発はエレベーターを直撃したため、それが一〇〇メートル近く噴き上がるのが見えた。

エレベーターの開口部からは、激しく炎が吹き上げている。空母にはかなりの致命傷であるのだろう。Ｂ17爆撃機隊が見ている間に急激に傾斜し、浸水していった。

燃料の問題もあるので彼らは写真撮影は行ったが、空母が完全に水没するところまでは確認しなかった。しなかったが、確認するまでもない。

すでに四五度近く傾斜している空母が、ここから奇跡の復活を遂げることはないだろう。

じじつ、空母の周辺にはボートのようなものがいくつか見えた。乗員たちが艦を捨てて脱出したのだ。空母の撃沈は間違いない。

このことは陸軍航空隊を介して太平洋艦隊司令部に伝えられた。この時点でB17爆撃機隊はミッドウェー島に到着しており、米太平洋艦隊はミッドウェー島の海兵隊指揮官経由で事実関係を確認した。

写真があったので、空母が撃沈されたのは間違いないと海兵隊の指揮官も証言した。ただ米太平洋艦隊としては不可解な話もある。

一つは、艦載機が発艦しながら爆撃機を迎撃しようともしなかった点。さらに発艦に成功したのは一〇機に満たなかったこと。ただこれは、攻撃が奇襲なら考えられることではある。

しかし、対空火器も撃たれず、さらに護衛の駆逐艦さえない。それはあまりにも不自然だ。

そもそもその空母はなんという空母で、なぜ単独だったのか？

この点では、Ｂ17爆撃隊の写真は役に立たなかった。炎上する空母であるため、黒煙が空母そのものを隠していて、空母の大きさも何もわからない。わかるのは空母ということだけだ。

瑞鶴か翔鶴とも見えるが、別の何かかもしれない。

念のため太平洋艦隊から飛行艇を派遣したが、確かに海面近くに沈んだばかりの船舶が漂っていたという。艦内にまだ空気が残っているか何かしているのだろう。

しかし、その空気が抜ければ、完全に沈没するのは明らかだ。

ともかくこの事実は、ニミッツ司令長官らを苛つかせた。空母を沈めたとしても、全体の構図が納得できないためだ。

「あるいは、こういうことでしょうか」

レイトン情報参謀が、やや当惑気味に述べる。

「空母瑞鶴と翔鶴は活動していたが、何かの原因で片方の空母が航行不能に陥った。そこで本隊は前進し、残された空母はあそこで修理作業を進めていた。対空火器が沈黙していたのは、その故障が原因かもしれません。

機関部に重篤な故障が起きたなら電源を失い、対空火器が作動しないことは十分に考えられます」

とはいえ、レイトン情報参謀自身もその仮説にあまり自信はないようだった。確かにそれで説明は可能であるものの、どう考えても御都合主義な仮説と言われても仕方がない。

「通信参謀、日本軍の間に通信の変化はあるか」

ニミッツ司令長官には、ある仮説が浮かんだ。彼はそれを確かめるべく通信参謀に電話を入れる。

「目立った変化はありません。通信量は微増しましたが、誤差の範囲です」

「ありがとう」

ニミッツ司令長官は電話を置く。

「長官？」

「これはいささか信じがたいが、どうやら陸軍航空隊が撃沈した空母は、日本海軍にとってあまり価値のある存在ではないらしい」

「無価値な空母ということですか？」

レイトン情報参謀には、ニミッツの考えが理解できない。この世に無価値な空母などあるはずがないではないか。そもそも日本にそんな艦艇の余裕があるというのか。

「無価値というのは言い過ぎだろう。ただ瑞鶴・翔鶴ほどの価値はなく、むしろ我々の攻撃を吸収してくれれば成功というくらいの存在だ」

「改造空母の類《たぐい》？」

「イギリス海軍には、ＭＡＣシップという商船に飛行甲板をつけただけの船団護衛のための空母があると聞く。

日本も島国ならば、そうした空母を持っていても不思議はない。対潜哨戒くらいにしか使えないが、建造は容易だ」

ニミッツ司令長官の意見をレイトン情報参謀は嚙みしめる。

「日本海軍がこの海域にＭＡＣシップを展開するのは、瑞鶴・翔鶴への攻撃を吸収するというだけの消極的なものでしょうか」

「どういうことだね、情報参謀」

「そのＭＡＣシップには、瑞鶴・翔鶴への視線をそらす意味があるとしても、それは余技みたいなものでしょう。本来の目的は別にあると考えるのが自然です」

「しかし、船団護衛程度にしか使えない空母にどんな……えっ、まさか！」

「長官がお考えになった通りです。日本軍はミッドウェー島を占領すべく、陸軍部隊を輸送しているのです。そのための船団が、あの空母の周辺にいるはずです。

攻撃されたMACシップの飛行機があえてB17爆撃機と戦わなかったのも、それらは対潜哨戒のための攻撃機であり、爆撃機でなかったと考えるなら筋が通ります」

「その攻撃機が自殺するつもりでもない限り、どこかに飛び去ったとしたら……」

「そうです。日本海軍のMACシップは、もう一隻いるのです。だから艦載機はそちらに避難した。

あのMACシップが単独航行をしていたのも、本隊の前衛として偵察と露払いを行っていたためでは」

「ならば、敵船団はどこにいる？」

「前衛部隊が本隊から離れすぎては意味がありません。その間隙《かんげき》をついて敵が侵入する可能性があります。

逆に彼我《ひが》の距離が近すぎても意味はない。五〇海里から八〇海里（約一〇〇キロから一五〇キロ前後）が適当でしょう」

「となれば、MACシップを撃破した海域を中心に、半径一〇〇海里を重点的に偵察する。敵艦隊が瑞鶴・翔鶴であろうとも、上陸部隊が全滅すれば敵は下がらざるを得まい」

すぐに陸海軍航空隊より偵察機がミッドウェー島方面に向かうほか、ミッドウェー島からも偵察機が発進した。鉄壁の哨戒網の中で、日本艦隊が発見されないはずがなかった。

4

夏山丸にとって、それは青天の霹靂《へきれき》だった。いきなり一八機の重爆が現れたと思ったら、問答無用で自分たちを爆撃してきたからだ。

爆弾二発の命中というのは、爆撃機の命中率として高いのか低いのかはわからないが、いずれにせよ夏山丸にとって爆弾二発の命中は、十分に致命傷となった。

太田にせよ石川にせよ、爆弾が命中した時点で夏山丸が救えないことは、すぐにわかった。夏山丸は戦艦でも空母でもなく商船なのだ。

爆弾二発を受けた時点でダメージコントロールなどせず、船員や航空機の脱出を試みたことは、敢闘精神には欠けていたかもしれないが、犠牲者の数を最小にすることには成功していた。

まず、直協偵察機には可能なだけの搭乗員を乗せて発艦させた。搭乗員の教育の手間と時間を考えれば、とにかく彼らを助けねばならない。

直協偵察機は雑役船に向かわせた。雑役船は位置がわかっているし、船尾の甲板で偵察機も収容できる。むろんすべては無理だろうが、不時着水した機体でも可能な限り回収したい。

それと並行して、乗員たちはカッターに移動させる。彼らは雑役船に合流する計画なので、荷物は最少でよかった。

偵察機を雑役船に向かわせたのは、そのへんの含みもある。だから直協偵察機の中で燃料に余裕のある機体が、不時着水せずにカッターと雑役船の間を何往復かした。

こうして二隻の雑役船は、救助された夏山丸の乗員で一杯となったが、彼らにはまだ仕事が残っていた。甲標的の回収である。夏山丸を失った以上、作戦の継続は不可能だ。

艦隊司令部も夏山丸が失われた場合には、作戦の中止を認めることは決まっていた。継続したくとも甲標的には継戦能力がないのだから。

幸いにも甲標的には統制型エンジンが搭載されているため、ある程度の自走能力はあり、雑役船側から回収に向かう手間は最小限度ですんだ。

本川中尉らもそうして雑役船に合流することができた。曳航索《えいこうさく》に甲標的を接続し、あとは雑役船に引かれるだけだ。

すでに雑役船の上は人で溢れていたので、救助部隊と合流するまで本川らは、甲標的に乗ったままだ。しかし、本川はそんな処遇などまったく気にしない。

「我々は結果を出した」

本川たちにとって、この作戦はそれがすべてだった。

5

三川軍一司令長官は正直、ここまで順調に事が進むとは思わなかった。どういうわけか、敵機にも艦艇にも接触しないですんだのだ。

彼はこの時点で、夏山丸が撃沈されたことを知らなかった。知っているのは、甲標的が空母ヨークタウンを撃沈したことだけだ。

だから空母を沈められたことで、敵が萎縮しているのかとさえ思っていた。

状況が不可解と思い始めたのは、電波探信儀による報告があってからだ。

「敵機が北上しています。どうもミッドウェー島方面に戦力を集中しているようです」

「ミッドウェー島方面だと……」

どうやら空母ヨークタウンの撃沈は、よほど米太平洋艦隊の判断を狂わせたらしい。

そうして、ついに真珠湾奇襲艦隊は戦艦比叡の主砲の射程圏内に到達した。電波探信儀では周辺に船舶の姿は見えない。

むろん何かあれば艦船が殺到するのはわかっているが、それは重巡利根と駆逐艦四隻が阻止することになる。

主目標が真珠湾内の敵艦隊であり、それ以外は砲戦で時間を稼げればいいのだ。必要なら比叡・霧島の戦艦二隻が相手にすればいい。

そう、真珠湾にはこの二隻の日本戦艦しか稼働する戦艦はないのだ。恐れることはない。

攻撃開始時間になり、比叡・霧島から観測機が、重巡利根から照空隊が発進する。

これらの航空機は真珠湾のレーダーに捕捉されていた。捕捉されていたが、飛行機の数が八機であったことと、現れたのが真珠湾のすぐ近く（砲撃すれば届く距離）であったことから、誰一人として敵機とは考えなかった。

なにしろ陸海軍航空隊を動員して、ミッドウェー島攻略の日本船団を捜索してい る最中である。すでにB17爆撃機隊が日本軍空母を撃沈したことはハワイ中が知っていた。

だからこそ、「自分たちも敵軍艦を仕留める!」といきり立つ航空隊将兵は少なくない。現実にはそんな船団などなかったのだが、ないことの証明はなによりも難しい。

多くの偵察機が燃料が続くまで偵察を続け、そのため真珠湾に帰投するのが夜間になる偵察機も少なくなかった。

しかも米軍にとっては悪いことに、夜間に帰還した偵察機を敵機と誤認した対空砲座が友軍機に発砲する騒ぎが直前に起きていた。

おかげで現場は、いささか夜間に接近してくる飛行機にナーバスになっていた。

そもそも冷静に考えれば、夜間に航空隊が真珠湾に奇襲などするわけがない。

そうした経緯があったため、レーダーは今度こそ日本軍機を捉えながらも、そのことに気がつかなかったのである。

すべてが明らかになったのは、照空隊が吊光《ちょうこう》投弾を展開した時だった。夜の真珠湾がこれにより明るく照らされる。

艦砲射撃を最大射程で行う分には、それでも恵まれた条件とは言いがたい。だから真珠湾奇襲部隊もそれなりの準備は行っている。

航空写真をもとに、真珠湾内に座標を設定していたのである。

ハワイ諸島は動いたりしないから、座標を設定すれば絶対的な位置はわかる。そして攻撃する側が自分たちの正確な位置を把握しているなら、相手が静止物である以上、軍艦同士の撃ち合いよりも命中率は向上するという道理である。

ただ砲撃方法が特殊な分だけ、砲撃手順はずいぶん違った。通常なら、標的と戦艦の中間地点に位置する観測機を測距儀が計測しながら砲撃となる。

しかし今回、観測機は攻撃目標の座標を通知して、それに対して諸元を計算して砲撃することになる。事前の演習訓練は行われているが、本番とはやはり勝手が違う。

それでも砲撃は初弾から夾叉弾《きょうさだん》を出すなど、訓練以上の結果を出していた。通常は夾叉弾は惜しいものだが命中ではないので、それだけの話に終わる。

しかし、今回ばかりは違った。着弾点に何もなかったとしても、サルベージ船の作業は行われており、それらに対する損害は決して小さなものではなかった。

戦艦と結ばれたワイヤーの何本かが砲弾の破片で切断され、少数のワイヤーに荷重がかかり、ついにワイヤーが順番に破断する。

戦艦の重量という形でワイヤーに蓄えられていたエネルギーが一気に解放され、サルベージ船自体が甚大な損傷を負うことになった。そうでなくても、周辺のサルベージ船舶や支援施設は損傷を受けた。

最悪なのは、浮揚しかけていた戦艦を支えていたワイヤーの一部が破断したために艦首部だけが海中に没して、その反動で艦尾が浮かび上がった戦艦とサルベージ船だった。

艦首部のワイヤーが切断したとはいえ、すべてではない。だから海中に沈んだ戦艦は、サルベージ船も海中に引きずろうとするが、そうして傾斜したところに反動で浮かび上がった艦尾部が折り重なる形になった。

つまり、サルベージ船は戦艦に潰される形で海中に沈んでしまったのだ。

そして本射が始まった。

三川艦隊は戦艦を砲撃しているつもりであったが、じつは戦艦よりもそれらのサルベージ船などのほうに甚大な被害が出ていた。

火災を起こす船もあって、炎上するサルベージ船が破壊された戦艦に覆いかぶさるという場面がいくつも生じる。

砲撃は一門五〇発の砲撃で、一隻四〇〇発、二隻で八〇〇発の砲弾を叩き込むという激しいものであったが、時間にして三〇分もかからなかった。

もっとも砲塔一つにつき五五名の砲術科将兵は、砲撃が終わった時にはさすがに疲労困憊《こんぱい》であった。

真珠湾は再び炎上していた。そこは大混乱に見舞われていた。

三川司令官は知らなかったが、夜間に観測機を出したことは、米軍側に致命的な錯誤を生んでしまう。

「あのレーダーの国籍不明機は敵機だった！」

この情報は瞬時に一人歩きをはじめたのだ。

すでに真珠湾は空母機動部隊により大打撃を受けていた。その状況で真珠湾の将兵は、まず砲撃より先に航空機による吊光投弾を目撃していた。

順番としては、吊光投弾を目撃した将兵がレーダー局に問い合わせ、正体不明の航空機を探知していたことを知ったのだ。

だがこの情報が伝達される過程で、空母機動部隊の夜襲という話になり、そこで砲撃が始まった。

ミッドウェー島の防衛に関して、瑞鶴・翔鶴が活動している可能性がすでに関係者に伝達されていたことも、混乱に拍車をかけることになる。

三川艦隊は、牽制の意味で数発の砲弾を飛行場に撃ち込んでいた。爆撃機の一つも撃破できればいいくらいの認識だ。

しかし、攻撃された側の認識は異なる。爆撃機に損失はなく、砲弾は滑走路に穴を開けるくらいで終わったが、それはすぐに埋められた。

ただ、この作業で出撃準備は三〇分ほど遅れてしまう。それでも夜間にも関わらず、B17爆撃機隊に出動命令が下され、一八機が出撃した。

ところが、まさにこの時点で戦艦比叡と霧島の砲撃は終了し、艦隊はそのまま西に向かって航行する。

一方のB17爆撃機隊は、ミッドウェー島周辺を目指して北上する。砲撃を終えて位置を示すものがない三川艦隊が、爆撃隊に発見されるはずがなかった。

こうして真珠湾再奇襲作戦は終了した。

日本海軍が破壊したものに対して、彼我の受け取り方は違っていた。戦艦を撃破されたという認識では同じだが、日本軍はサルベージ船や工作艦を破壊したことに、さほど関心を抱いていなかった。重要なのはあくまでも戦艦だ。

対する米太平洋艦隊司令部は、サルベージ船などの損失を深刻に受けとめていた。

破壊された戦艦をサルベージしようにも、そのサルベージのための船舶が破壊されたのだ。アメリカが大国とはいえ、戦艦のサルベージに使えるような特殊船舶は数えるほどしかない。それが破壊されてしまった。

しかも厄介なことに、戦艦が破壊されたことはもちろん、サルベージ船も破壊されたことで、真珠湾内の船舶の残骸をいかに除去するのかという別の問題が生じていた。

破壊されたこれらの艦船を除去しない限り、軍港としての真珠湾はその機能をほとんど果たせない。巨艦をサルベージするような船舶は、それ自体が巨大であり、それを除去するのは容易ではなかった。

できることと言えば、小さく切断して取り除いていくことだけだ。

「いまなすべきは、我々がどう日本軍に対峙するかだ」

ニミッツ司令長官は、司令部の幹部たちに召集をかけた。真珠湾の再攻撃を許してしまったというのは大失態であり、彼自身の進退が問われても仕方がない事態である。

ただルーズベルト大統領からは、続投を請われていた。半年足らずの間に太平洋艦隊司令長官を次々に更迭《こうてつ》するのは、政治的に望ましくないとの判断からだ。

しかし、それは同時にニミッツにとって後はないことも意味していた。これ以上の失敗は許されない。

同じ理由で、彼は自身のスタッフを更迭することもなかった。

正直、レイトン情報参謀の分析などには言いたいことがないわけではない。だが今回の失態を冷静に見れば、レイトンの責任に帰するのは間違いだとわかる。

敵の奇襲を頓挫させられた場面はいくつもあったのだ。特に敵機をレーダーが捉えていたという事実は、先の真珠湾奇襲と並び、ハワイにおける防空体制の不備を明らかにしたといえよう。

「真珠湾の基地機能の分析はどうか？」

その質問に答えたのは、艦隊経理部の部長だった。後方支援および補給基地としての機能を調査すべく、彼に指揮が委ねられたのだ。

「湾内の沈船を除去できない現状では、ほかの海岸より物資を揚陸し、真珠湾に陸路輸送することが現実的でしょう。

ラハイナ泊地の拡充などの対処法も考えられますが、真珠湾の基地機能を代替するものではありません。現状より三ヶ月という範囲で考えるなら、真珠湾は駆逐艦、潜水艦の基地機能が果たせる程度です」

「完全復旧はいつになる？」

「真珠湾内の航行が自由になれば、復旧は急速に進むでしょう。どれだけの労力を投入するか次第ですが、一年から二年は時間が必要と思われます」

「一年から二年とはずいぶん幅があるようだが、どうしてそんなに見積もりに幅がある？」

「それは太平洋艦隊の戦略次第だからです」

「戦略次第とは、どういうことだね」

　ニミッツに促されて経理部長は答える。

「最低でも一年間、真珠湾が使えないとしても、米太平洋艦隊は日本軍との戦闘を休むわけにはいきません。攻勢に出られないとしても、敵の攻勢には応じなければなりません。そのために拠点の再構築が必要です。

　その場合、優先すべきは新しい拠点構築となり、真珠湾復旧ではないでしょう。そうなれば真珠湾復旧が年単位で遅れても不思議はない」

「新たな拠点建設か……」

　それはニミッツ司令長官も考えていた。ただこれも、それほど単純で楽な案ではないからだ。

軍港を整備するのは容易ではない。ドックなどの造修施設は考えないとしても、支援施設が多数必要となる。少なくとも艦隊を物資面で支えられるだけのインフラが必要だ。

それだけのインフラを、どこにどうやって建設するのか？

「君に何か候補地のあてはあるのかね」

ニミッツはその質問にさほどの期待はしていなかった。

太平洋戦域の補給問題は、対日戦争計画であるオレンジプランで常に米太平洋艦隊を悩ましてきた問題なのだ。

その大問題が、いまこの場で解決するとは思えない。

「あくまでも泊地と補給拠点に限定するなら、候補地はございます」

経理部長の言葉に、その場は騒然となった。ニミッツは「静粛に！」と叫ばねばならないほどだった。

「それはどこなのだ、経理部長？」

「開戦からこのかた、小職も兵站《へいたん》について適地を考えていました。補給と泊地に絞ることで、適地となりそうな場所をリストアップしたのです。

補給と泊地に限定するということは、日本本土への攻撃と作戦終了は短期間で終わらせねばなりません」

経理部長の意見はニミッツにも妥当なものと思われた。

「候補地は二箇所あります。どちらか一つということではなく、この二箇所を両方占領する必要があります。この二箇所が兵站を支えます」

「で、どこなのだ？」

「一つはエニウェトク環礁です。ここはハワイより西に約四六〇〇キロ離れています。東京までの距離は約三五〇〇キロになります。

ここだけを拠点としても、ハワイと東京の距離が六五〇〇キロですから、おおむねその距離を半減できる。しかし、これだけでは太平洋艦隊を支える兵站としては弱い。

そこで、もう一つの拠点が必要となります。それがウルシー環礁です。

ウルシー環礁はエニウェトク環礁よりさらに西で、硫黄島まで一四〇〇キロ、沖縄まで一九〇〇キロ、日本本土まで二四〇〇キロ、そしてマニラまで一五〇〇キロです」

マニラまで一五〇〇キロと聞いて、ニミッツもこの計画が思いつきではなく、練られていることを理解した。陸軍のマッカーサーはいまもマニラ奪還を主張している。

そのことは太平洋戦域の陸海軍戦略を進める上で、時に障害となっていた。しかしこの計画であれば、陸軍の全面的な支援も期待できよう。少なくともつまらぬ掣肘《せいちゅう》は受けずにすむ。

「エニウェトク環礁とウルシー環礁の距離は二五〇〇キロほどです。ハワイ復旧の資源をエニウェトク環礁の基地化に投入すれば、ウルシーの基地化は短期間に可能となるでしょう」

米太平洋艦隊司令部のスタッフは、経理部長の提案を驚きを持って迎えていた。これならオレンジ計画を現実のものにできる。

「エニウェトクはともかく、ウルシー環礁が日本攻撃に最適ということは、日本からもウルシーを攻撃しやすいということではないのか」

一人の幕僚が疑問を投げかけた。しかし、それは経理部長も想定していたらしい。彼は言う。

「これは通信隊に確認したのですが、日本軍の小規模部隊が最近まで駐屯していたものの、最近になり撤退したそうです。

少しぐらいの部隊を分散するより、主要な島嶼《とうしょ》に集約したほうが効率的と判断したのでしょう」

「つまり、ウルシー環礁は日本軍が捨てた拠点か」

それはニミッツには朗報に聞こえた。日本軍が放棄した拠点であればこそ、日本軍は近寄らないだろう。経理部長もそれを指摘する。

「ですから可能な限り秘密裏に拠点を建設すれば、今度は日本軍にとってウルシー環礁が難攻不落の要塞となるのです！」

6

軽巡洋艦ボイシは駆逐艦二隻を伴い、太平洋を移動していた。最新鋭のレーダーを搭載しており、周辺の艦船や航空機の動きをいち早く察知することができた。

彼らの目的はハワイからエニウェトク環礁、ウルシー環礁までの航路の確認だった。

航路の確認が必要なのは、それらが日本海軍の活動領域と近接しているためで、それらと接触しない航路を発見する必要があった。

そして現地調査もまた進めねばならないため、小規模部隊ながら調査隊を乗せた駆逐艦が一隻、そこにとどまる予定であった。

すでにエニウェトク環礁では、駆逐艦に乗った一チームが調査にあたっている。ウルシー環礁でも、いまいる二隻の駆逐艦のうち一隻が調査のために残る。

そうして拠点設定に必要な測量を行うだけでなく、無線傍受により日本軍の動向を探るのだ。ここが要塞化されるまで、日本軍に存在を知られるわけにはいかないのである。

「本当に日本軍は、この方面を捨てているようです」

ステファン・ロビンソン艦長はレーダー室からそうした報告を受けていた。

「反応はないわけか」

「航空機も船舶も、レーダーには捕捉されません。信じがたい話ですが」

「まぁ、通信長によれば、通信も意外に低調らしい。それと合わせれば、不思議ではないのかもしれん」

今回の航路調査は一部では無謀と言われ、失敗は不可避ではないかとさえ言われていた。

ハワイからエニウェトク環礁までの四〇〇〇キロ以上の航路は、まだ楽観されていた。距離はあるが、日本軍の策動地から遠いからだ。

ただ、エニウェトク環礁からウルシー環礁までの二五〇〇キロが難関と考えられていた。

日本軍が一時的にせよウルシー環礁に部隊を置いていたことからもわかるように、日本の活動領域から近いのだ。

そもそも中間点のエニウェトク環礁自体が、北にウェーク島、南にトラック島を擁するという位置関係にあり、「ここまで」ならまだしも「ここから」の移動は急に難しくなる。

ウルシー環礁も日本の拠点であるヤップ島に近く、占領されたグアム島からも遠くない。

これらの海域で活動すれば、海軍艦艇に発見されないとしても商船には発見される可能性は高い。

だから日本の船舶の航路帯を観察し、それと遭遇しないための工夫が必要とされたのである。

しかし、意外なことに航海は順調だった。日本海軍の艦艇も船舶も、太平洋艦隊が予想していたほどには活発ではなかった。

これは日本の船腹量の問題が、じつは大きかった。アメリカやイギリスについでに世界三番目の船腹量なのは確かだが、日本の船舶は南方の資源地帯への補給や資源輸送で忙殺されていた。

これについては、占領地と日本の交通インフラの貧弱さが足を引っ張る形になっていた。物資の荷降ろしや積み込みも港湾施設の貧弱さから、作業が遅々として進まないという予想外のことが起きていた。

日本の侵攻を前に港湾施設の破壊を行うのは、戦術としては教科書レベルの話だ。そのため各地の港には、物資や資源を満載した船舶が滞留するという事態が生じていたのである。言い換えるなら、日本の輸送船は船腹量はあるものの回転率が急激に悪化していたのである。

港湾施設の機械力が低下しているなら、人海戦術に訴えるという方法も考えられなくはない。しかし、この方法も日華事変の泥沼化による急激な師団の増設から、あちこちで慢性的な人手不足が生じていた。すでに工場などで、男ではなく女性労働者に頼らねばならないことも珍しくなかった。

こうした事情のため、ウルシー環礁方面で活動する日本船舶の数は決して多くなかったのだ。ただし、そんな話をロビンソン艦長が知るはずもない。

それでもウルシー環礁に接近するにしたがい、ロビンソン艦長の予想よりも少なかったが、日本の船舶をレーダーで捉えていた。

日本の貨物船は船団を組んでいなかった。ほぼ独航船で航行している。攻撃するのは容易だが、巡洋艦ボイシはいまここで活動を悟られるわけにはいかない。だからロビンソン艦長も、そうした船舶を避けていた。

「どうも厄介だな」

それが、任務期間中に周辺海域を調査したロビンソン艦長の結論だった。調査の中にはレーダーで数日、特定の日本船を追尾し、航路の癖を探るようなことも含まれていた。

日本の貨物船は、ほぼすべてが独航船だった。船主としては船団を組むより独航船のほうが回転率がいいからだろう。

そして彼らは船舶を目的地から目的地まで、直線距離を定速で動かしていた。潜水艦に備えてジグザグで動くようなことさえしていない。日本軍が優勢であるためか。

この点では交通破壊が有効な相手ではあるが、それはいまのロビンソン艦長の任務ではない。

独航船ということは、いつどこで船舶が現れるかわからないということだ。日本軍占領下の港湾でスパイが出港時間を教えてくれれば航路の予測はつくだろうが、問題はウルシーに向かう味方船舶は船団を組んで移動するということで、予想外の相手に遭遇した時に迅速な対応が難しい。

それでも米太平洋艦隊司令部は、日本商船の船舶暗号の解読に成功していたので、通信傍受でわかるかと思われた。どういうわけか日本の商船暗号は、海軍暗号と比べると強度が弱いものを多用していた。

在日経験もあるレイトン情報参謀によれば、官尊民卑のなせる技らしい。しかし、この商船暗号の解読も曲者《くせもの》だった。

一部の船舶が、暗号とはまったく異なる航路を移動していたのだ。何かのトラブルで時間調整をするためらしい。高速で移動したり、低速で移動したり、航路をそれたりするものがいたのである。

「おそらくですが、これらの船長らは我々の潜水艦を恐れているのではないでしょうか」

それが航海長の解釈だった。

「航路帯を離れて勝手に移動することは許されない。しかし、商船一隻が友軍海軍の支援も護衛もなく航行すれば、敵と遭遇すればひとたまりもありません。

だから、海軍には航路を航行しているように見せかけ、襲撃されないように航路を避けているのでは」

「自衛のために民間商船が海軍に嘘の報告をしているというのか」

「まぁ、本当のところは船長たちに訊かねばなりませんが、状況をうまく説明できるとしたら、この仮説でしょう」

じっさいのところ、航海長の仮説をロビンソン艦長が検証することは不可能だ。ただ理由はどうであれ、日本船舶の中に位置を偽り、航路を大きく外れる船舶がいるのは事実であった。

そのため、友軍の船団とそれらの独航船が遭遇する可能性は高い。

それらを撃沈するのは容易だが、自分たちのことを打電されたら最後、その一本の電信でウルシー環礁の基地化は頓挫する。

「まぁ、しかし、この事実が明らかになったことは、次の一手を打つための参考になったな」

ロビンソンとしては、そう結論するよりなかった。

7

「調査の結果として、エニウェトク環礁もウルシー環礁も、艦隊を支援する泊地として十分な可能性を持っていることが明らかになった。すでにエニウェトク環礁にはシービーズ（設営隊）の一隊が送られ、活動している」

ニミッツ司令長官は幕僚らの前で、そう説明する。

「しかし、ロビンソン艦長の報告によれば、ウルシー環礁までの航路では、日本の船舶と接触する可能性が存在することが明らかになった。

遭遇するだろう船舶は一隻、二隻という水準だ。だがそれさえなければ、我々は戦略的に優位に立てる。

それを考えるなら、ウルシー環礁を諦めるというのは非常に難しい選択となる。

となれば、どうすべきか」

「遭遇した船舶を撃沈すればすむ話では？」

幕僚の一人がそう口にするが、それに対してレイトン情報参謀が反論する。

「最初の船団はそれですむとしても、二度三度と続けば、日本海軍の不審を招こう。

問題は、日本軍がこちらの意図を知った場合、彼らがウルシー環礁を基地化してしまう可能性があることだ。

そうなれば、我々の戦略は根底から覆されてしまう。

つまり、我々の船団を発見されないだけでなく、意図を知られないことも重要なのだ」

意図を知られないという条件に、幕僚らは騒がしくなる。その波が収まったところで、ニミッツは方針を示した。彼は何をすべきかをすでに決めている。

「我々は、日本軍の陽動作戦に乗ってしまったために真珠湾を失った。ならば今度は、我々が彼らに対して陽動作戦を仕掛けるのだ。

ニューギニアからソロモン諸島で我々が動くなら、ラバウルも動く。そうなれば日本の航路も変更されよう。その間なら、ウルシー環礁は安泰だ」

第四章　ガダルカナル島

1

軽巡洋艦ボイシはロビンソン艦長の指揮のもとで、ソロモン諸島を航行していた。命令は、ガダルカナル島に上陸する調査隊を輸送し、必要なら支援せよというものだった。

ただボイシ単独ではなく、駆逐艦二隻も伴っている。警戒用ということもあるが、調査隊の物資輸送や回収の目的もあった。喫水の浅い駆逐艦のほうが巡洋艦より重宝な場面もあるからだ。

彼らは太平洋艦隊司令長官直々に調査を命じられていた。どうも飛行艇などが、ラバウルを攻略するための拠点としてガダルカナル島を見出したという。

ガダルカナル島は、すでに連合国の拠点となっているエスピリトゥサント島より、九七〇キロほど北西にある。

ガダルカナル島からラバウルまでが一〇六五キロほどだから、ガダルカナル島にB17部隊を収容できる飛行場があれば、ラバウルからはガダルカナル島を攻撃できたとしても、後方支援基地のエスピリトゥサント島は攻撃できない。

逆にガダルカナル島が損傷を受けたとしても、増援部隊は無傷のエスピリトゥサント島から送ることができる。

さらに、ガダルカナル島の制空権下で近隣の島嶼《とうしょ》を基地化したならば、ラバウル攻略の縦深《じゅうしん》も深くできる。

受けた説明はそうしたものであるし、ロビンソン艦長もその話自体は理解できる。ただ、それですべて納得したわけでもない。調査というのに、どうも全般的な動きが不徹底だ。それに、以前に行ったエニウェトク環礁やウルシー環礁の調査はどうなったのか？

上層部が現場の人間にあれもこれも説明することはないだろう。しかし、ウルシー環礁などの調査の時よりも、ロビンソン艦長が教えられた情報は少ない。

それは重要な作戦だからなのか、それともさらに裏があるからなのか。そこまではわからない。

それでも調査活動自体は順調ではあるらしい。時々調査隊から無線で砲撃を指示されることもあった。発煙筒を焚くので、その周辺を砲撃してくれというようなものだ。

そうやって樹木の伐採の手間を省《はぶ》くのだろう。効果のほどは巡洋艦からではわからないが、何度か要請があったからには、そこそこ役には立っていたらしい。

とはいえ視界が悪い中での砲撃であり、正直、調査隊にとっては危険な作業であるはずだが、さすがにプロだからか怪我人が出たという報告はない。

こうしたことを繰り返しつつ、調査隊はベースキャンプを設定し、飛行場建設の適地を発見したという。

それは島の北岸、ルンガ川の河口に比較的近い平地部だ。それにあわせて巡洋艦ボイシもルンガ川の河口付近に移動する。

ベースキャンプの設定にあたっては、駆逐艦も動員して砲撃を行った。それで一ヘクタールほどの領域が掘り返され、更地になったらしい。

そこまでしなくてもとロビンソン艦長は思ったが、すぐに理由がわかった。揚陸物資と入れ替わりに赤痢やマラリア患者が後送されてきたのだ。

当然のことながら、島の衛生環境はよくない。だからマラリアや赤痢に罹患する。

赤痢に関しては浄水装置までは持ち込めないので、濾過器《ろかき》とヨードもしくは煮沸で殺菌することで対応する。

マラリアに対しては、蚊が潜んでいそうな水たまりや草地の一掃で対応した。一ヘクタールも砲撃したのはこのためらしい。

こうしてベースキャンプができたから、車両を揚陸させるわけである。まず人員の移動や物資の揚陸を優先的に行った。ボイシには、ジープとハーレーダビッドソンのオートバイがそれぞれ二台積まれていた。

トラックが積まれていないのは、大きすぎるからというよりも、それが使える道路がないからだ。不整地ならジープやオートバイのほうが向いている。

ジープの一台は発電機を搭載し、これで電動工具を作動させることになっていた。とりあえずは測量のため、ジープの発電機で草刈りをしながら、ジープが通過できる通路を啓開するのが目的だという。

とはいえ、こうしたことは調査隊の人間から聞いた話で、ロビンソン艦長自身は現地に足を踏み入れていない。

何もせずに遊弋《ゆうよく》しているように見えるが、レーダーによる対空警戒などを行い、それなりにするべきことはしているのだ。

この対空警戒についての命令も、ロビンソン艦長にはしっくりこないものがあった。敵機が来たら攻撃しろ。それは原則としては賛成だ。

しかし、下手に攻撃せずにやり過ごすほうが敵に怪しまれないこともあるだろう。だがこの点では、射程圏内に入った敵機はすべて攻撃するように命じられていた。よくわからないが司令部としては、敵の偵察活動に掣肘《せいちゅう》をかけたいらしい。ただこの命令が、敵に掣肘をかけるという点で適切かどうかは疑問が残った。

しかし、命令は命令だ。レーダーはいまも対空警戒を怠らない。

そうしているなかで、マラリア患者などを乗せた駆逐艦が同盟国のオーストラリアに向かった。患者を治療するためで、真珠湾の海軍病院も日本軍の攻撃により閉鎖を余儀なくされていた。

そして駆逐艦は、二隻の貨物船を伴って戻ってきた。

それはシービーズの先発隊で、本隊を上陸させるための下準備にあたるという。貨物船がやってきたのは、トラックやブルドーザーが運ばれてきたためだ。

それだけではなく、製材機や小型発電所の機材も含まれていた。とりあえず土地を整地し、排水などを整え、伐採樹木を製材してシービーズの人間のための住居を建設するという。

そこまでやれば、本隊が到着しても全員が屋根のある家で生活できる。これは関係者のマラリアや赤痢への罹患減少に大いに寄与するはずだった。

貨物船の積荷にはロビンソン艦長も責任はなかったが、それでも報告された機材の中に浄水装置や井戸掘り機材、さらにはパン焼き器まで認めると、軍が基地建設にかなりの期待をしていることがわかった。

こうして活動が順調に進んでいる最中に、それはやって来た。

「レーダーに反応があります！　ツラギからの飛行艇と思われます」

ロビンソン艦長の動きは早かった。まず無線機でシービーズに対して敵偵察機が接近しつつあることを伝える。

レーダーの情報が円滑に伝わらないことで何が起きたか？　それについて、米太平洋艦隊の関係者ほど骨身に染みている人たちはいない。

だから巡洋艦のレーダー情報は、即時にシービーズに伝達されるようになっていた。

じっさいシービーズの面々はブルドーザーなどの機材を安全な場所に移動させ、住居には偽装網を展開する。

それはいささか泥縄な気もしないではないが、相手が飛行艇であることで時間的余裕はあった。最初から偽装網で覆うという意見もないではなかったが、湿気や通気の面で不利と判断されていた。

この時点では、彼らの脅威は日本軍ではなくマラリアである。それがいま日本軍になった。

これと並行して、巡洋艦ボイシと駆逐艦二隻は前進し、ツラギの飛行艇を待ち伏せる。

そしてロビンソン艦長は牽制の意味も込めて、主砲を飛行艇に向けて放った。あくまでもレーダーによる計測結果での発砲であり、命中は最初から期待していない。距離精度はともかく角度分解能が出てないからだ。

それでも砲撃するのは、飛行艇側に自分たちが狙われていることを自覚させる点にある。そうしてガダルカナル島への接近を阻止するのだ。

ただ難しいのは、彼らにガダルカナル島に接近するなというメッセージを伝えないことだ。そんなことをすれば、彼らの関心をガダルカナル島に引きつけることになる。

そうではなくて、あくまでも遭遇戦での対空戦闘に見せかけねばならない。砲弾が飛行艇に届くまでに、それなりの時間がかかる。そして砲弾と飛行艇が遭遇する頃、飛行艇は針路を変更する。牽制という点では砲撃は無意味ではなかったようだ。

ロビンソン艦長は、そのまま飛行艇に向かって前進して行く。可能な限りガダルカナル島から引き離すためだ。

レーダーの上では、飛行艇は針路を変えるどころか、明らかに退却している。これ以上の接近は危険と判断したのか。

ロビンソン艦長は、このまま余勢をかって日本軍が占領したツラギ基地を攻撃することも考えた。しかし、それはやりすぎだろう。

そもそもツラギの攻撃までは命じられていないし、自分たちがなすべき仕事はほかにある。

そのため飛行艇が撤退した段階で、巡洋艦ボイシは追撃をやめ、ガダルカナル島へと帰還した。

2

「ツラギの飛行艇が巡洋艦より砲撃を受けたのか」

ラバウルの井上成美《しげよし》第四艦隊司令長官は、ツラギからの報告を周囲の誰よりも重視した。

「単なる遭遇戦では？」

幕僚の一人がそう口にするが、井上は首を振る。

「飛行艇に奇襲をかけてきたのは、敵に例の電波探信儀があったからだろう。問題は、どうして敵は飛行艇を攻撃したのか？

飛行艇の側は敵艦を見ていない。飛行艇の前方にすらいなかった。だから追い返すまでもなく、自分たちが針路を変更すればすむことだ。にも関わらず、どうしてわざわざ攻撃してきたのか」

「飛行艇はどこに向かっていたのだ？」

参謀長が通信参謀に確認する。

「報告では、ガダルカナル島を偵察する予定でした」

「なぜ偵察する予定だったのか」

それは第四艦隊司令部にも話が通っていないことだった。

「ツラギ基地によれば、ガダルカナル島からの電波通信が確認できたとのことです」

「通信参謀、ラバウルではどうなのか」

井上の質問に、通信参謀はラバウルではそうした通信は傍受されていないと返答した。ツラギの誤認でないなら、出力のごく弱い無線機での交信ではないかという。

ただ電波はわかるが、通信内容はよくわからないらしい。それが誤認かもしれないという根拠で、誤認でないとしたら無線通信の方式が日本軍のそれとは異なっている可能性があるという。

それに関して、通信参謀は振幅変調と周波数変調の違いとかなんとか説明するも、ほかの人間には専門的過ぎていまひとつわからない。

「このタイミングで、あんな場所に敵艦がいたというのは、つまりは通信傍受もツラギの誤認ではあるまい」

井上の意見に参謀長は言う。

「これは敵がガダルカナル島で策動していることを意味しているわけですか」

だが、井上長官は必ずしも参謀長の意見に納得しているわけではなかった。

「ガダルカナル島で策動中だから、偵察機を攻撃した。それはそれで確かに筋は通る。

しかし、隠密裏の作戦にしては、攻撃を仕掛けてくるというのは、必ずしも納得できる対応ではないな」

「と、言いますと？」

「先ほども言ったが、ガダルカナル島まで接近して、それからの対空戦闘ならまだわかる。だが敵が何をしているにせよ、ガダルカナル島は密林だ。隠れる場所にはこと欠くまい。

電探が飛行艇を発見したならば、隠れるように伝えれば島での活動は悟られまい。この攻撃は、むしろガダルカナル島での策動を教えたがっているようにも見える」

「では、我々はこの状況で何をなすべきでしょう？」

「何をさておいてもガダルカナル島で何が行われているのか、それを探ることだ」

井上長官がそう語った時、航空隊の隊長が発言する。

「長官、ガダルカナル島ですが、あの島は米豪遮断作戦の一環として、航空基地建設の候補地とされております。

距離はラバウルよりありますが、敵の活動に掣肘を加えられる基地として航空艦隊による調査が予定されております。この点で敵が先んじているのかもしれません」

井上長官はいまの発言に、しばし考える。

「敵艦の不用意な対空戦闘と、いまの航空隊長の意見は普通に考えるなら矛盾する。だが、矛盾しない解が一つある。それは敵が航空基地を秘密裏に完成させ、我々に航空戦を仕掛ける場合だ。ガダルカナル島はラバウルより遠い。したがって、我々から航空戦を仕掛けるのは不利になる。

真珠湾再攻撃でミッドウェー島を陽動作戦に用いた意趣返しが、ガダルカナル島であろう」

3

「あれからだいぶ改良されているな」

本川中尉は新しい甲標的に軽く感動を覚えていた。

ミッドウェーでは空母ヨークタウンを撃沈した彼らだが、母船である夏山丸も沈められ、彼らは雑役船でからくも日本に戻ったものの、甲標的は放棄するよりなかった。

しばらくは曳航《えいこう》していたのだが荒天に遭遇し、切り離さざるを得なかったためだ。

曳航していた二隻のうち一隻が無人の状態で浸水し、沈んでしまったのだ。

日本に戻るまでに彼は戦果報告などを書類にまとめて関係筋に報告した。

しかし、それからすぐに彼らは新たな任務を与えられた。改造型の甲標的に乗り、第四艦隊所属となり、ガダルカナル島の偵察を命じられたのだ。

潜水艦ではなく甲標的が選ばれたのは、可能ならルンガ川周辺の調査も命じられていたためで、さすがにこれは潜水艦では無理だ。

改良型の甲標的は、水中での統制型発動機の稼働機構が改良され、より簡単な手順で行えるようになった。これだけで緊急潜航が可能となる。

もっとも、それほど大きな改造を施したわけではない。浮上中にエンジンを止めると給排気管が閉鎖され、自動的に電動推進になり、それから空気推進、混合器推進へと順番に切り替わるという機構である。

推進機の切り替えの中に電動推進を織り込んだことが、手順を複雑にしたように見えて、全体の簡略化に繋がったのだ。

改良点はほかにもあり、舵とスクリューの位置関係が改善され、甲標的の運動性は著《いちじる》しく向上した。

出発点の艦隊決戦雷撃兵器なら直進できればいいくらいの運用なので、運動性能自体はそれほど要求されていなかった。しかし、ミッドウェー作戦での甲標的の運用から、運動性能の改善が図られることになったのだ。

ただ本川中尉自身は、甲標的の性能向上はともかくとして、日本海軍の潜水艦用のあり方には懸念もあった。

というのも、どうも日本海軍は甲標的を小型潜水艦的に運用することを考えていると思えるからだ。

じっさい本川中尉の甲標的こそ二名乗りだが、新規設計の特殊潜航艇は四人から五人乗りで、一週間近い作戦活動が可能という。

なるほど、呂号潜水艦や波号潜水艦を建造することを考えれば、甲標的を建造するほうが容易《たやす》い。

しかし、特殊潜航艇は特殊潜航艇であって、潜水艦ではなく、また潜水艦の代替にはならないだろう。それがたとえ近海防御の類《たぐい》であっても、現場の将兵に多大な負担が強いられることは確実だった。

むしろ甲標的として活動できる自分たちのほうが、限界を誰もが知っている分だけ、まだ彼らよりも楽だとさえ言えよう。

とはいえ、本川中尉もそんなことばかり考えてガダルカナル島に来ているのでははない。彼はガダルカナル島の手前で雑役船から切り離され、あとは自力で航行する。

改良点といえば、水中翼も船体に取り付けられた。運動性能と荒天時でもこれのおかげでセイルが安定するため、運用は大きく改善する。

彼らの作戦任務は一日から二日とされた。特殊潜航艇が四、五人で一週間であるから、そこから逆算して最大二日とされたらしい。

開発する側にとって特殊潜航艇は面白い機械であり、そのメリットを強調するため、既存の甲標的の性能を低めに報告しているということなのだろう。

ミッドウェー作戦でのことを思うと笑ってしまう。あの時は三日、四日は普通に配置についていた。もっとも最大で二日というのは本川らにとって楽になるわけで、悪い話ではない。

ガダルカナル島方面には、ほかにも甲標的がいた。雑役船が母船として面倒を見るのは甲標的二隻。それぞれが哨戒域を担当する。もちろん、可能なら敵艦を撃沈するのだ。

統制型発動機は順調で航行に支障はなかったが、任務の実現については本川らにも不安はあった。というのも、なるほど甲標的は浅瀬に接近できるとはいうものの、じつは偵察能力は高くない。

司令塔に相当するセイルはあるが、そんなご立派なものではなく、金属筒の上にできたコブのようなものでしかない。

高さが低いから見晴らせる範囲は狭い。ミッドウェー作戦の時は相手が空母のような大型艦だから発見し、撃沈できたが、駆逐艦のようなものなら、かなり接近しなければ発見できない。

それは相手からも発見しにくいということでもあるが、偵察任務という点ではやはり疑問は残る。

そのため簡易聴音機が装備されていたが、これはほとんど役に立たなかった。海軍に水中音響の専門家が少ないことも関係しているのか、浮上中の聴音はほとんど意味をなさなかった。水温や海水密度などの影響があるらしいのだが、甲標的が浮上中は雑音ばかりで使いものにならない。

潜航すれば、それなりに役に立つのは確かなのだが、潜航していては偵察任務にならないのである。

結局、敵艦との遭遇は運次第ということだ。じっさい本川はハッチから半身を乗り出しながら、ガダルカナル島の姿を見ていた。

波の影響を受けて船体が海面上に飛び出したりはしないものの、周辺の波が高ければ島の姿は消えてしまう。

だからその軍艦との遭遇は、まさに遭遇としか呼べないものだった。波が収まった瞬間、それは数キロ先に浮かんでいた。

「巡洋艦一、駆逐艦二！」

本川中尉は、それを確認すると潜航にかかる。さすがに敵艦も自分たちには気がついていないようだ。そこは特殊潜航艇の利点ではある。

統制型発動機を始動させることも考えたが、本川はそのまま電動で甲標的を前進させた。予想以上に近い場所に敵艦がいたためだ。

潜航中は特眼鏡だけが頼りだが、名前は特眼鏡でも潜望鏡には違いない。常に出しっぱなしでは発見される。

そうした不便を感じながら、特眼鏡で敵艦を確認しながら前進する。良くも悪くも、巡洋艦のマストぐらいしか見えない。海況は思っていた以上に荒れているらしい。

それでも射点は定まった。

巡洋艦も駆逐艦も、ガダルカナル島の近くに錨を降ろしているようだ。それならば夜襲をかけるべきと思ったが、いまさら後には引けなかった。

彼は時間差をおいて二本の魚雷を発射する。静止した軍艦に至近距離からの雷撃。外れるはずがない。

彼は甲標的を反転させると、統制型エンジンをここで初めて始動する。可能な限り敵から離れるためだ。

浅深度の水中音響などあてにならないことはわかっていたが、それでも魚雷の命中音だけはわかった。それは音というより衝撃波であった。

二回の衝撃が甲標的の船体を叩く。それで彼は命中を確信した。

十分離れたと確信したところで、発動機を停止して電動に戻る。

潜望鏡を向けてみると、やはり視界は安定していなかったが、それでも波間に沈みかける巡洋艦とその周辺で動く駆逐艦が見える。

二隻のうち一隻は巡洋艦の救助、もう一隻は雷撃した潜水艦を探しているらしいが、明後日のほうに向かっている。それだけでなく、爆雷まで投下し始めた。

じつはこれは駆逐艦の側では、それなりの理由があった。一つは、甲標的は浅深度から接近して攻撃したのだが、駆逐艦側は潜水艦による雷撃と判断し、水深の深い海域に向かったのだ。

甲標的なら水深五〇メートル以下でも活動可能だが、通常の潜水艦でそれはまずあり得ない。

さらに、甲標的は統制型エンジンで三〇ノット近い速度で退避したが、駆逐艦はそれを雷撃と考えた。

正確な射点などわかろうはずはないし、そもそも甲標的は魚雷ではない。ただ駆逐艦側は、その魚雷発射音を潜水艦によるものと判断し、それが離れていくなら、潜水艦は反対側と考えたのである。

結果として、このことにより駆逐艦は明後日の方向で爆雷を投下することになったのだ。

敵駆逐艦が自分たちを発見できていないのを幸いに、本川中尉は雷撃の成功をラバウルへと打電した。

4

「いよいよ、これを飛ばす時が来たか」

ラバウルの飛行場で、永井海軍大尉は出撃命令を受けて興奮していた。

彼は海軍大尉ではあるが、所属は練習航空隊である。そしていまは、練習航空隊も実験航空隊としての活動も行なっている。

実験航空隊には、戦場で鹵獲《ろかく》した外国機の試験や調査を請け負うグループと日本の新型機の試験を行うグループがあり、永井は後者の人間だ。

彼がいま向かっているのは、四発重爆の前であった。いわゆる四三計画に関わる重爆である。

重爆には統制型エンジンによる二〇〇〇馬力エンジンが四発搭載されている。

これは既存の一五〇〇馬力エンジンのボアストロークやシリンダー径を拡大し、二〇〇〇馬力を実現したものだった。

既存エンジンとは寸法が異なるため、量産型とするためには、あと一つのブラッシュアップが必要と考えられていたが、それを待っていられる戦況ではない。

ともかく、いま動くエンジンを載せて機体の実戦データを集め、重爆を量産せねばならないのだ。

ただ、永井大尉がこれから飛ばそうというのは、厳密には重爆ではない。それを完成させるために、まず偵察機として実戦データを集めるための機体だ。

そもそも四発機実用化の技術的経験が十分ではないため、機体の構造などについても技術的な蓄積が必要だ。

さすがに飛行艇などの経験もあり、日本もその点で蓄積ゼロではない。なのでこの四発偵察機は重爆設計として、機体設計が正しいことを確認するという意味がある。

その点で重爆ではないが、機体が大きいのでラバウルなどでは重宝される存在となることが期待された。重武装なので威力偵察もできるし、爆弾は投下しないが容積と馬力があるので、物資や人員の輸送にも使える。

じっさいこの四発偵察機は三機が試作され、満州に一機、南方に一機、そしてラバウルに一機が配備されていた。

通常なら、こうした機体がラバウルに配備されることは稀であるが、練習航空隊初代校長井上成美の存在がそれを可能としたのであった。

「毒蛇は爆装するそうですよ」

そう報告したのは、副長である加藤陸軍中尉だ。練習航空隊なので、機長が海軍なら副長は陸軍である。

「毒蛇が攻撃するのか」

四発偵察機は武装しているが、そうは言っても偵察機なので護衛戦闘機がつく。ただ、ラバウルからガダルカナル島までエスコートできるのは毒蛇戦闘機しかなかった。

単発戦闘機でもエスコートは不可能ではないが、航空戦が起こった時、燃料的に不安がある。その点では、双胴戦闘機は航続力や継戦力で有利であった。

もちろん零戦などでも問題はないはずだが、貴重な四発機なので井上長官も大事をとったのだろう。

随行する毒蛇戦闘機は二機だった。偵察飛行の護衛としては順当だろう。

「敵の巡洋艦を撃沈したってことは、敵の電探は使えないってことですね」

加藤の意見に永井は補足する。

「そのために巡洋艦を叩いたからな。仮に我々がガダルカナル島に到達前に攻撃されたとすれば、島にはすでに電探があるということになるし、島の基地化もかなり進んでいるということだ」

「なるほど」

偵察機が航空写真用のカメラのチェックをしているなかで、二機の毒蛇戦闘機も爆装の準備をしていた。双胴の下に三〇キロ爆弾がそれぞれ四つ、双胴で八個、それが二機で一六発の爆弾が搭載されることになる。

「毒蛇が爆装していますよ」

加藤にはそれが面白かった。

世界屈指の重爆となるはずのこの機体には爆弾はおろか手榴弾さえ積んでいないのに、護衛戦闘機は総計四八〇キロの爆装をしているのだ。

「敵の基地によっては、多少なりとも叩いておく必要があるとの判断らしい。まぁ、あの程度の爆弾で何がどう変わるということもないだろうが、それでも敵の活動を遅らせることはできるだろう」

「こいつが重爆として仕上がったら、あの一〇倍の爆弾をお見舞いできるんですけどね」

そうしている間にも出撃時間が迫る。沈んだ巡洋艦の代替が来るのかどうかはわからないが、敵が潜水艦に警戒しているこのタイミングで、偵察を行うのだ。

試験段階の二〇〇〇馬力統制型エンジンは特に不都合もなく、セルモーターで始動する。ボアストロークなどは拡大しているが、信頼性の高い統制型エンジンの拡張であるため、ここまでは順調だ。

永井海軍大尉もラバウルまで機体を操縦してきて、この重爆が勝ち馬だという確信を強くしていた。

圧倒的な高性能という印象はない。そのかわり離着陸も操縦性能も、この機体は非常に素直で悪い癖もない。着陸脚もエンジンマウントに仕込まれており、経験の浅い搭乗員でも離着陸には不安を感じないだろう。

平凡といえば平凡な印象を受ける操縦特性だが、まさにその自然な感覚こそ、この機体の非凡さを証明している。

操縦席からは、先行する毒蛇戦闘機の姿が見える。無線電話の試験も兼ねて、時々周辺の状況について報告が入るが、そちらも順調だ。無線の感度は良好で敵影もない。

そうして数時間飛行していると、ガダルカナル島が見えてきた。巡洋艦が撃沈されたのは間違いなかった。

海面に色の異なる領域があり、水面下に巡洋艦らしい船体の姿がある。雷撃で沈没したが、船体の一部には空気が残っている空間があって、まだ若干の浮力が残っているのだろう。

巡洋艦の周囲には、二隻の駆逐艦と貨物船一隻がいた。多数のボートが浮かんでいるのは、乗員の救助にあたっているのだろう。

ボートの中には、水面下にある巡洋艦にケーブルか何かを垂らしているものもあった。あんなものでサルベージができるはずはなかったが、艦内に残されている乗員を救おうとしているのか。

駆逐艦と貨物船が、日本軍機を発見しているのは間違いないだろう。一部のボートは散開する姿勢を示し、駆逐艦は発砲こそしないが、主砲を四発機に向けている。

永井大尉には、もちろんそれらを攻撃するつもりはない。人道という大袈裟なことは言わないとしても、要するに米軍が行っているのは海難救助であって、何人であれ、それを妨害する権利はない。

それでも偵察機はその上空を通過し、写真撮影は行った。現場の様子から判断して、この島には電波探信儀は設置されていない。それは島の基地化の進展を知る上で重要な情報だ。

偵察機はそのまま島へと進行する。航空写真撮影のため、四発機は一定の高度を維持しなければならないが戦闘機は違う。

先行する戦闘機二機は、島から迎撃機が出ないと判断すると、地面から石を投げれば届くほどの低空を飛行する。四発機からはわからない敵の偽装を見破るためだ。

「海岸から奥地に道路がある!」

戦闘機搭乗員が興奮気味に報告する。道路があるということは、その先に敵基地の本拠がある。

ガダルカナル島基地は偽装網などで巧妙に偽装されていた。確かに偵察機の高度ではジャングルとの識別は難しい。

しかし、低空ではさすがに偽装は偽装であるとわかる。戦闘機は偽装された道路の上を進み、偵察機に道を示す。

永井大尉は毒蛇戦闘機が示す方向に進路を向けた。毒蛇戦闘機は急に高度を上げると大きく旋回し、そして急降下で先ほどの場所に戻り、そこで爆弾を投下する。

二機一六発の小型爆弾は、散らばりながら密林の中に落下して起爆した。

偽装網などは爆風で飛び散り、基地の全貌が明らかになる。

「こんなことになっていたのか！」

偽装網が飛び散り、施設のいくつかが炎上する。そして、いくつかのことがわかった。

まず地上施設の置かれている領域の地面は、緑色に塗られていた。地面の色の変化を気取られないためだろう。それを施した上で偽装網などを展開していたのだ。

さらに滑走路を建設していたらしい場所では、工事の途中なので地面に色は塗られていないが、偽装網が展開されていた。

滑走路はほとんどできておらず、現状は樹木の伐採がほぼ終わった段階なのか、不自然に樹木の欠けた土地がジャングル内に延びている。

偵察機はそれらについて写真撮影を行った。

「ここに飛行場を作り、ラバウルを攻撃するつもりだったのか」

「そういうことですね」

永井と加藤は、その意味が理解できた。

米軍がガダルカナル島に航空基地を建設すれば、軍令部の進める米豪遮断作戦も頓挫するし、ラバウルも危険にさらされる。

逆に、航空基地が完成してからラバウルからガダルカナル島を攻撃しても話は終わらない。島を占領しない限り、ガダルカナル島の敵基地の息の根はとめられないのだ。

毒蛇戦闘機による爆弾投下は予想以上の効果をあげていた。燃料か何かの可燃物に引火したのか、基地は激しく燃え上がっている。

「とりあえず、これで時間は稼げたな」

偵察機は戦闘機ともども、ラバウルへと帰還した。

5

「ガダルカナル島の基地が大被害だと」

ニミッツ司令長官がガダルカナル島からの悲報を知ったのは、攻撃の翌日のことだった。巡洋艦ボイシの沈没が先に報告され、そちらの対応に集中していた時に、この攻撃がなされたためだ。

駆逐艦とガダルカナル島の部隊は別の指揮系統にあり、駆逐艦は基地の損害については基地が報告を行うと思っていた。

原則として、それは正しい。だが基地の損失は予想以上に大きく、燃料引火にはじまった火災で通信設備にも被害が生じ、その復旧で報告が遅れたのだ。

もっともニミッツ司令長官は、報告が遅れたことには怒っていない。そんなことに怒っても始まらない。それよりも憂慮すべきことがある。

「ガダルカナル島に日本軍の目を向けさせる。この作戦意図は達成されたと言えます」

レイトン情報参謀が説明する。

「日本軍はガダルカナル島の異変に気がつき潜水艦を出した。その潜水艦が巡洋艦を撃沈した。

巡洋艦が撃沈され、ガダルカナル島はレーダーを失った。そのタイミングで日本軍はラバウルから偵察機を飛ばし、行きがけの駄賃に爆撃も行った。現在わかっている事実関係を整理すると、こうなります」

一連の出来事の流れは明確だった。そして、日本軍の目をガダルカナル島に引きつけるという作戦もうまくいっていると言える。

だがニミッツ司令長官は、それでも犠牲が多すぎると感じていた。基地も完成していないのに、すでに巡洋艦一隻が失われてしまったのだ。

同時に彼は、自分自身の作戦計画に対しても疑念を感じ始めていた。ガダルカナル島の航空基地は陽動のつもりでいたが、日本軍がここまでするからには、彼らにとってこの島は非常に重要な基地ではないのか？

だとすれば、ここは陽動ではなく、第二戦線くらいのつもりで動かすべきではないか？

「ともかく現状では、基地の復旧を優先する。最低限度、自分たちの基地は自分たちで守れる水準を目指すのだ」

6

陸軍第一七軍の百武《ひやくたけ》司令官と海軍第四艦隊の井上司令長官との現地軍首脳の話し合いは物別れに終わった。

もっとも両首脳の会談は怒声が飛び交うようなものではなく、むしろ互いの認識を調整するという意味合いが濃かった。

そもそも陸軍はニューギニアなどの戦域のために第一七軍を編成したものの、陸軍戦略の中ではこの方面にはなんら価値がなかった。彼らにとって重要なのは大陸なのである。

だから話し合いの時に百武司令官がガダルカナル島の名前さえ知らなかったのは、驚くようなことではなかった。ある意味で必然とさえ言える。

海軍でさえ今回のことがなければ、ガダルカナル島の名前を知る人間は一〇人、二〇人というレベルだったかもしれないのだ。

したがって、井上司令長官がガダルカナル島占領のための兵力を陸軍に依頼しても、百武司令官としてはおいそれとは首を縦には振れない。

当然だろう。自分が知りもしない孤島に貴重な兵力を投入できるはずがないのだ。陸軍にはその準備ができていない。

準備ができていない点では、海軍も同じであった。陸軍に兵力を提供してくれる敵兵力の規模も不明であるし、こちら側の必要兵力もわからない。

必要な兵力見積もりも立たないなかでは、話し合いが物別れに終わっても仕方がないわけだ。

問題の一つは、今回の日本側からの攻撃で米軍は増員や増強がなされるはずで、日本軍の必要兵力はそれを見越したものでなければならない。

それは一〇〇〇なのか五〇〇〇なのか、それがわからないわけだ。重要なのは、一〇〇〇人程度であれば、海軍陸戦隊でも対応できるところだ。

特別陸戦隊などを編成するのは不可能ではないが、それはそれなりに手間がかかる。

井上が割とあっさり百武との話し合いを「では、またこの次に」と引いたのも、この問題がある。

冷静に考えると海軍陸戦隊も陸軍部隊も、ガダルカナル島のような過酷な環境で戦った経験がない。都市化が進んでいるラバウルでさえ、日本とはかなり環境が違う。

そして、ニューブリテン島にもジャングルはある。そのジャングルと同じような場所で戦うことを考えたら、装備の開発や兵員の訓練で最低でも二、三ヶ月は必要だろう。

練習航空隊の伝《つて》を頼って、落下傘部隊の使用を井上は考えた。つまり、すでに人間がジャングルを開墾した飛行場なら、密林の中で戦うわけではないので、既存の兵力や装備で占領可能ではないかと考えたのだ。

しかし、この案も実現性は低いとの結論に達した。

まず、ガダルカナル島に対して落下傘部隊を展開できるだけの輸送機の調達が難しい。「ラバウルから」だけならまだしも、「ラバウルまで」の輸送が難しい。

また飛行場を占領し、米兵を追い払ったとしても、彼らがジャングルからゲリラ戦を仕掛けてきたら、結局、ジャングルで戦うことになる。

電撃的に飛行場を奇襲して、敵兵をジャングルに逃がすことなく完全占領する。それが可能なら落下傘部隊で問題は解決するが、井上もそれを信じられるほど楽観主義者ではない。

「米兵を撤退に追い込み、しかる後に設営隊を進出させる。それが一番現実的だろう」

井上は改めて作戦室に掲げられた地図を示す。

「敵軍の最前線はガダルカナル島だ。そして、ガダルカナル島までの一〇〇〇キロの間には、基地らしい基地が一つもない。航空戦が消耗戦であるならば、この中間にいくつかの航空基地を建設する必要がある」

井上司令長官はそう宣言した。

7

その夏山丸は、撃沈された夏山丸の代替船舶だった。工事自体は夏山丸が活動中も進められていたが、船名を決める時点で夏山丸が失われたため、その名前を踏襲したのである。

これは造船所が同じであったことと、新造船舶の帰属も関係していた。先の夏山丸自体は陸軍の船であり、それを海軍に貸しを作る形で作戦に従事させたら沈められてしまった。

そして新造船は、本来なら海軍船舶になるはずだったが、陸軍が夏山丸の名前を継承させることで「貸した船を返してもらう」形で、陸軍船舶としたのである。海軍も先の夏山丸を失ったことは遺憾に思うものの、背に腹は代えられない。

そこで「第一七軍から陸軍兵力を提供する件は先延ばしする」という条件で、陸軍の船を再び海軍に貸し出す形になった。そのため艦内編成は支援船長が太田海軍中佐、飛行隊長が石川陸軍少佐という人事を踏襲することとなった。

結果だけ見れば、同じ部隊で夏山丸だけが大きくなったようなものだ。

この二代目の夏山丸は、初代の夏山丸の成功と戦時下ということから建造された。最大速力一二ノットで、レシプロエンジンで航行する。これは戦時下での生産では、機関部の生産がネックになると考えられていたためだ。

海軍は主としてマレー作戦の経験から、陸軍部隊の海上輸送による機動戦が有効な戦術であることを痛感した。大発などを多用し、何度となくそれで敵軍を挟撃したり、包囲したりできたからだ。

夏山丸は直協偵察機だけしか搭載できなかったが、現場部隊としては制空権下での上陸作戦や襲撃機による敵陣破壊、つまりは空飛ぶ砲兵の役割を航空戦力に求めていた。

そこで、戦闘機や襲撃機を搭載できる夏山丸のような船が求められた。

出来上がった船は、船というより艀《はしけ》のような船体で、一〇式戦闘機を改造した戦闘機と襲撃機を運用できるだけ船体が延長されていた。

この一〇式戦闘機は燃料搭載量を減らして重量を軽減し、武装を七・七ミリ機銃四丁から一二・七ミリ四丁へと強化した迎撃機的なものだ。

迎撃戦闘が中心となるから航続力はいらないということと、夏山丸の飛行甲板から発進しなければならないという必要性からだ。これに関連して、フラップの改良などSTOL性が改善されていた。

一〇式戦闘機が用いられたのは、すでに製造完了の機体なので自由に現場改造できるという制度面の利便性と、翼面荷重の低いことが考慮された。

排水量は八〇〇〇トンを超えているが、軍艦のような精緻な船ではなく、基本的に鉄の箱である。海軍の前線での作戦ではまったく使いみちのない船で、艦隊と行動をともにすることもままならない。

しかし、いまの井上長官の構想では夏山丸は適切な船であった。だからそれはニュージョージア島のムンダにいた。

「発艦よし！」

発着機部員が指揮所から旗を振ると、一〇式戦闘機改がエンジン音も高く発艦していく。夏山丸の飛行甲板の先端からは風向を見るための蒸気が吹き出している。風はそこそこあり、夏山丸は船首に風をあてるようにしている。そこを戦闘機は発艦していった。

「飛行甲板を端から端まで使えば戦闘機も発艦できるのか」

太田支援船長は、いままでの直協偵察機のふわふわした発艦シーンとは異なる戦闘機の発艦に、ある種の感銘を受けていた。

「それが、本艦の艦載機数が少ない理由です。飛行甲板に駐機できる数は限られています。格納庫にもそれほど積めませんしね」

夏山丸は空母ではなく移動航空基地のような船だった。船内に格納庫はあるが、そこは飛行機ではなく補給物資が満載され、必要なら大発なども並べられる。

船首と船尾にエレベーターがあり、物資を満載した大発をそのまま飛行甲板に持ち上げ、クレーンで海上に降ろすことも考えられていた。陸軍の海上機動作戦用の船なのだ。

飛行甲板には、そうした大発を移動するための軌条も埋め込まれている。普段は飛行機の発艦に邪魔にならないように細長い鉄板で塞がれているが、そういうことも可能である。

「一応、航空基地として使えるようになっています」

石川飛行隊長がまぶしそうに言う。彼にとっては、この二代目の夏山丸は理想の航空船舶だった。

敵前上陸を果たす時、艦載機が偵察を行い、制空権を確保し、敵陣に攻撃を加える。そのすべてに対応できる。

この船舶が単純な箱型なのは、大陸の大河での運用を意図しているためだ。渡洋性能は芳《かんば》しくない船型であったが、もともと想定しているものが違うのだから仕方がない。

飛行機の発艦訓練は順調に終わった。外洋を航行中は心配した箱型の船体も、島嶼付近に半分座礁した形で着底すると心配したような動揺はない。

夏山丸は船底に木の板が打ち付けてある。正確には、大きな木の箱の中に夏山丸が収まっている形だ。

これは今回の任務のために急遽、しつらえたものだ。着底から移動時に離床する時に、船体が直接海底に接していると海底の砂などにより浮上できない可能性がある。なので、表面に木箱を用意するのだ。

浮上する時は満潮時を待って、木箱と船体の結合を解けば、船体だけが浮き上がる仕組みだ。

万が一にも何かが固着して浮かび上がらなくても、木の箱と船体の間にコンプレッサーで空気を送り込めば浮かぶことができる。

ほとんど動かないので、船首に風をあてるのは風向き頼りだが、地形的に風向きは決まっているので、時間さえ間違わなければ問題はない。

風向きにこだわるのは爆装した襲撃機の発艦時で、戦闘機ならいつでも発艦は可能だ。

「それで明日、ガダルカナル島を奇襲しようと思う」

太田支援船長の言葉に石川飛行隊長は驚いた。迎撃戦闘の訓練だけで、こちらからの攻勢は考えていなかったためだ。

「艦隊司令部の許可は得ている。一〇式改の航続力は短いとはいえ、ここからガダルカナル島への往復は可能だ」

「敵情を把握するのも仕事のうちですか」

こうして翌朝、五機の航空機が出動する。三機の戦闘機に二機の襲撃機だ。襲撃機は一機が三〇キロ爆弾を八発、二機で一六発搭載していた。

発艦時間は風向きの時間に合わせた。朝の風が強くなる時間帯に出撃する。襲撃機は二機だから、これさえ出撃できれば問題ない。

じっさいは、襲撃機の役割は複座機としての偵察飛行であったが、太田はあえて襲撃機としての運用を決めたのだ。

飛行は順調だった。

一〇式戦闘機は改良されているが、それでも一線級の性能はある。なにより運用実績があるため信頼性が高い。

そうして編隊はガダルカナル島に到着した。周辺に艦艇の姿はない。ただ遠くに島から離れて行く貨物船らしき姿は見て取れた。

「どうやら敵は電探を設置している模様」

編隊長は打電する。夏山丸も電波探信儀をムンダに下ろしている。敵軍にあっても不思議はない。

電探で編隊を察知しても、迎撃機が現れないのは、ガダルカナル島の飛行場はまだ完成していないのだろう。

そうして海岸に到着する。前回の偵察により、どこに道路があるかはわかっている。米軍は、今回は道路も偽装していたが、どこに道路があるのかわかっている人間には効果は半減する。

編隊は樹木を伐採した領域に出た。爆弾をどこに落下させるか。広い滑走路に一八発の爆弾では焼け石に水だ。

しかし、編隊長は樹木の色に塗られたアンテナを発見する。それは電探のアンテナだった。

襲撃機は、水平爆撃でその周辺に爆弾を投下する。あえて急降下爆撃にしなかったのは、爆弾をばらまき、アンテナ周辺の偽装された施設も破壊するという考えからだ。

爆弾はつづけさまに周辺を破壊し、アンテナやほかの付属施設を破壊した。こうして編隊は全機が夏山丸に帰還した。

第五章　本作戦

1

ウルシー環礁は、日本の委任統治領であるヤップ島からわずか一六〇キロしか離れていなかった。そのことは米軍当局にも警戒されたが、杞憂《きゆう》であった。日本軍は委任統治領への兵力の分散を嫌ったのか、ヤップ島に対して備えらしい備えをしていなかった。滑走路さえ作られていない。

そのためウルシー環礁における建設作業は比較的大胆に行われていた。まず環礁を構成するファロラップ島には航空基地が建設されることとなる。

島がそれほど大きくないので滑走路は一〇〇〇メートル級のものであるが、幅は四五メートルある。さらに六本の誘導路が設けられ、うち二本はそれ自体が滑走路として使用できた。

また、夜間離発着を可能とする誘導灯やレーダーやビーコンなどの電子設備、さらには管制タワーも建設されることになっていた。

支援施設も完備で、完成すればかなり強力な航空基地になる。

その気になればB17爆撃機の運用も可能であるが、さすがに運用可能な戦力には限度がある。ここの基地の目的は防空任務に徹することであり、その点は特に問題にはならない。

建設されるのは航空基地だけではない。上陸用舟艇《しゅうてい》などの舟艇を一気に修理する野戦舟艇修理工廠《こうしょう》が、航空基地から八キロほど離れたソーレン島に建設される。

ここには各種部品の倉庫が置かれるほか、発電所や野戦病院なども建設される。

これに関連して飲料水製造所も作られる。

ウルシー環礁には大型船舶も入港できるムガイ水道があり、七〇〇隻の船舶の運用が可能であった。

さすがに環礁なので、なんでもかんでも設置はできない。例えば石油タンクは航空基地にこそ建設されるが、それ以外には建設されず、艦船はタンカーからの直接供給になるはずだった。

しかし、この環礁が日本本土侵攻を支える重要拠点となることは間違いなかった。

建設にあたったのは第五一海軍設営大隊であった。すでにブルドーザーやスクレイバーが揚陸され、建設作業が始まっていた。

「主計長、ちょっと来てくれ！」

大隊長は野戦電話で、別の仮設事務所にいる主計長を呼び出す。

「なんでしょうか」

主計長はジープに乗ってやって来た。

「このリストに疑問がある。当初の計画量よりも補給機材の量が減っているし、次の船団入港も遅れているがどういうことだ？」

「あれ、大隊長にはまだ話が通っていないんですか」

主計長は首をひねる。

「話が通るってなんだ？」

「あぁそうか、正式命令前に太平洋艦隊の主計長から私宛に説明があったわけか。ウルシー環礁での工事にまわす予定の物資を別の場所にまわすことになって、機材の発注が遅れているのです」

「別の場所だと？　エニウェトク環礁か」

「それはないです。あそことここは一蓮托生《いちれんたくしょう》ですから。正確には、エニウェトク環礁向けの機材が別にまわされて、その分をウルシー環礁向けで補塡したという流れです」

「エニウェトクでなかったら、どこなんだ？」

「ガダルカナル島です」

「ガダルカナル島？どこにあるんだ、そんな島？」

「ソロモン諸島のどこかだそうです。自分もそこまで詳しいことはわかりません。そこに航空基地を建設するのだとか」

「ソロモン諸島に航空基地か」

大隊長はソロモン諸島の位置関係を考える。どうして急に基地建設が必要になったのかはともかく、ガダルカナル島のあるソロモン海は、日本軍の拠点であるラバウルを攻撃可能だ。

B17のような足の長い爆撃機を用いるなら、ラバウルの直接攻撃ができる。それにより日本軍の侵攻を阻止する。そういう計画なのではないか。

それがここにきて急に進められるというのは、あるいは日本軍もガダルカナル島を狙っているとか、そういう動きがあったのかもしれない。

大隊長は、それで全体的な状況は見えてきた気がした。

「これからの命令を待たねばならんが、まず滑走路の完成だ。制空権さえ確保できるなら、ウルシーは補給基地として使える。

ウルシーとラバウルの距離は二一〇〇キロだ。うまくいけば、ガダルカナルとウルシーからラバウルを挟撃することも可能だろう」

そしてその日のうちに、大隊長には飛行場建設を急ぐよう正式な命令が届いた。

2

空母ワスプのフォレスト・シャーマン艦長はその命令に、やや当惑していた。大西洋から太平洋戦域の空母戦力を補充せよというのはわかる。ただその移動は、異常に秘密主義に思われた。

無線封鎖し、ワスプがまだ大西洋にいると思わせる。つまりは、太平洋に来ていることを日本に悟られないことが重視されたのだ。

そして駆逐艦数隻を伴い、ガダルカナル島に赴けという。ガダルカナル島では基地建設が進んでいるので、その建設部隊を守れという。

それも十分わかる任務ではある。あまり行われたことのない任務だが、そもそも島嶼《とうしょ》に基地を建設することが過去にあまり例がなかったのだから、それも当然だろう。

問題はそこからだ。

ワスプはラバウルなどの敵陣を攻撃してはならず、戦闘機のみで迎撃戦闘に徹せよというのだ。

さすがにそれは永遠に続くわけではないらしいが、ともかく別命あるまで続けることになる。

「副長、この命令をどう思う？」

シャーマン艦長は副長の意見を聞いてみる。

「守りに徹しろってことですかね」

「だとしたら、こうまで我々の存在を秘匿する理由はなんだ？」

シャーマンには、それがわからない。そもそも迎撃戦闘を続ければ空母の存在はわかるわけで、命令内容自体が矛盾している。

あるいは、ワスプという艦名を秘匿したいのかもしれないが、それに意味があるとはまったく思えない。

「ひとつ考えられるとしたら、ガダルカナル島では基地を建設していますよね。空母の存在を秘匿して迎撃機だけ現れたとすれば、敵は基地が完成したと考えるのでは？」

「建設中の基地が完成したと思わせるのか」

なるほどそれは、ワスプの存在を徹底して秘匿する理由の説明にはなる。だが、基地が完成したと敵に思わせる意味がわからない。

基地が完成しているのに未完成であると思わせるなら、まだわかる。完成する前に攻撃しようという敵に対して、航空隊が待ち伏せすることができるからだ。それは奇襲となり、大戦果になるだろう。

とはいえ、この戦術が可能なのも一度きりだ。自軍の部隊が大敗したら、誰も同じ手には二度と引っかかるまい。

「それとも別の意図でもあるのか」

3

「どうも敵軍の基地建設は思ったほど進んでいないようですな」

ラバウルの第四艦隊司令部では、ガダルカナル島の航空写真を前に分析が続いていた。

過去二回の偵察でわかったのは、滑走路建設がほとんど進捗していない点であった。どうやら最初の毒蛇による攻撃が、予想外の被害を敵の基地に与えたらしい。あるいはそれも偽装かと思われ、写真は精査されたが、偽装の可能性はなかった。

「いま彼らの基地を占領すれば、我々が基地を完成させるのに一月《ひとつき》もかからないでしょう」

そう言ったのは設営隊の隊長だった。

「おそらくムンダ基地よりも早く基地は完成するはずです」

「ムンダ基地の完成が二ヶ月後と聞く。二ヶ月以内にガダルカナル島を占領できるなら、ラバウルの防衛は鉄壁となり、米豪遮断も前進するだろう」

井上司令長官は事態を、そうした角度から見ていた。ただ、地上兵力の投入は当面できない。その状況には変化はない。

「ガダルカナル島の海上封鎖を急がねばならん」

4

本川海軍中尉らの甲標的は、ラバウルだった拠点をツラギに移すこととなった。

そこが甲標的基地となり、総計一〇隻の甲標的がガダルカナル島周辺で活動することになったためだ。

統制型発動機を搭載した三〇ノット型の甲標的をかき集めた部隊である。一応、特殊潜航艇隊というくくりで、ツラギ基地の隊長が部隊長となっていたが、整備隊などは飛行艇隊に編入する形で業務をこなしていた。

井上司令長官といえども部隊を一つ編成するとなれば、しかるべき手続きは必要であり、作戦は現在進行形であるから、こうした変則的な編制となった。

部隊としての編制は必ずしも整っていなかったが、本川をはじめとして将兵の士気は高かった。結局のところ、甲標的は単独で戦う兵器であり、友軍と連携を取るようには考えられていない。

戦果を競うとしても二名一組の乗員同士が競うわけで、そうした意味では組織的に戦うわけではない。この点では、海軍の戦闘の仕方としては特殊だろう。

一〇隻の甲標的の中で、実戦に出ているのは六隻。残り四隻は移動中かツラギで整備中となる。整備中はもちろん、移動中も甲標的の乗員は艇内にはいない。基地なり現場で母船となる雑役船の上にいる。

任務の間は甲標的の中で三日生活することになり、これはかなりの負担を乗員に強いることになるからだ。

一〇隻の中で四隻が戦力化されていないというのはかなりの無駄に思えるが、乗員の負担を考え、長期間の作戦を遂行しようとするなら、この四割という数字は避けられないのであった。

甲標的部隊はガダルカナル島の南東方面の海域に展開することになっていた。そこがガダルカナル島への補給線と考えられるからだ。

本川らは第一陣に含まれていた。ツラギからは飛行艇が出て敵船団を発見し、報告することになっていた。

ただ飛行艇隊と甲標的部隊との連携は、それほど円滑には行われていない。

日本陸海軍の航空畑の中で飛行艇部隊だけは海軍の人間しかいないため、ほかの分野に比べて閉鎖的であった。そうした空気を嫌って、飛行艇隊にやってくる搭乗員はじつはあまり多くない。

必要に応じて陸軍部隊が海軍作戦に、あるいはその逆という運用が行われる陸上機方面は航空畑でも人気が高い。練習航空隊の同期と陸海軍の「違う文化」の議論を闘わせるのは、野心的な将校らには刺激的な体験だからだ。

その反動からか、海軍畑としか交流のない飛行艇方面はあまり人気がなかった。

四発重爆計画が進んでいるなかでは、飛行艇の存在価値そのものに疑問が出されているとなれば、なおさらだ。

なにしろ身内のはずの海軍自体が「四発陸攻」への意欲が高く、偵察しかできない飛行艇への関心は低かった。

しかも陸軍の空地分離を知った海軍将兵は、島嶼戦での積極的かつ迅速な基地建設を主張し、設営隊の機械化の支持勢力であった。

じっさい海軍設営隊は練習航空隊人脈を用いて、陸軍設定隊と建設重機の共同開発を始めていた。まだ現場には出ていないが、統制型エンジン（ただし建設重機用に気筒数などは減らしてある）を搭載したブルドーザーが開発され、量産が始まっていた。

こういう状況なので、練習航空隊でも飛行艇は不人気で志願者も少ない。しかも海軍当局も、飛行艇搭乗員より同じ四発でも重爆要員の錬成を重視していたので、飛行艇隊に若い将校はほとんど入ってこない。

結果として、練習航空隊の成績下位者が飛行艇部隊に送られるという現実があった。

これでは現場の士気が上がるはずもない。それで部隊のパフォーマンスが下がれば部隊の評価も下がり、人材も集まらないという負のスパイラルに飛行艇隊は入っていた。

そうした彼らから見れば、新進気鋭の甲標的部隊に妬《ねた》ましい点がないといえば嘘になる。しかも本川たちは空母を撃沈し、先日も巡洋艦を撃沈している。それを快《こころよ》く思わない人間はいた。

むろん自身の任務に誇りを持ち、積極的に甲標的部隊に協力する飛行艇のチームもある。しかし、それはどちらかといえば例外であった。

そのため甲標的部隊は、なんら戦果をあげることができないでいた。周辺の偵察能力が低い甲標的が、自力で敵船団を発見することなど無理だった。

本川が空母や巡洋艦を撃沈できたのも、どちらも巨艦で発見しやすかったからにほかならない。この点では、あの時に目の前に漁船がいてもわからなかっただろう。

じっさいガダルカナル島を偵察した飛行艇は敵戦闘機に撃墜され、最後の通信で基地建設が進んでいるという報告をしていた。

ガダルカナル島では、戦闘機が多少なりとも運用できるまで工事が進んでいる。それだけの補給がなされたということだ。

ただガダルカナル島から偵察機も飛んで来なければ、ムンダへの攻撃もない。この点では戦闘機がかろうじて飛べる程度と考えられた。

「いまこそ、ガダルカナル島を封鎖する最後の機会だ」

艦隊司令部は色めき立つ。しかし、飛行艇隊の反応は芳《かんば》しくない。飛行艇が撃墜されたことで回転率は低下し、それ以上に士気が低下していた。

自分たちに対する評価が低いままでの負担の増加には応じたくないというのが、彼らの本音だ。

ただ井上司令長官をはじめ、それがわかっている人間は司令部にはいなかった。

結果として甲標的が敵輸送船と遭遇するかどうかは、完全に運まかせとなった。しかし、本川は運を引寄せる男であった。

本川がそれに気がついたのは、夜光虫のおかげだった。海況は凪《なぎ》であったが月のない深夜である。そんななかで夜光虫の作る一条の筋を、彼は海面に認めたのだ。

本川は、それが船の航跡によるものと直感した。

夜光虫が作る筋の方向と光の切れ具合から、その航跡を生んだ船は明らかにガダルカナル島に向かっている。しかも夜光虫の航跡が見えるとなれば、敵船はまだ近い。

本川はすぐにこれを、ツラギではなく雑役船に報告する。ツラギの通信基地でうまく伝達されるか不安があったためだ。

本川がそうした判断を無意識にしてしまうほど、現場の空気は良好とは言えないものがあった。

統制型エンジンは安定した走りをしている。

本川はこの航跡の正体をいささか図りかねていた。貨物船のようでもあるが、大型軍艦の可能性もある。

艦隊司令部からは、敵の大型軍艦が活動しているという報告はない。大型軍艦なら護衛艦艇を伴うはずで、そうなれば航跡は艦隊となるわけだが、それとは違う気がした。

とりあえず航跡を追い続ける。視界が狭いのは相変わらずだ。月さえも出ていない。

それでも本川は、自分が追ってきた相手を発見することができた。

「あれか……」

護衛艦艇を伴わない貨物船が三隻。本川は自分の甲標的に居住性以外で不満はなかったが、いまここで打撃不足に直面するとは思わなかった。

空母も巡洋艦も撃沈したが、一隻に対してなら酸素魚雷二発は有効だが、貨物船三隻に対して魚雷二発では不足である。

とりあえず二隻を攻撃し、攻撃できない相手は友軍になんとかしてもらうしかない。

そうと決まれば、話は早い。彼はまず一番大きな貨物船に照準を定める。海面は凪いでいるので、潜航しての襲撃となる。

至近距離まで接近し、魚雷を一発だけ放つ。それと同時に松本兵曹がトリムを調整し、全速後進にかかった。

安全距離まで下がったところで、貨物船に魚雷が命中した。貨物船の舷側に火柱が上がり、船体から金属片が四散する。

火災が起きて初めてわかったが、船は本川が思っていた以上に大きかった。果たして魚雷一本で沈むかどうか。

本川は次の貨物船の襲撃にかかる。最初の一隻が沈まなかったとしても、もう一隻が沈むなり大破すれば、最初の一隻を救うのは難しくなるだろう。

そこで本川は、二番目に大きな貨物船の襲撃にかかった。僚船が潜水艦に襲撃されたことで、二隻の貨物船はその救援に向かう。

本川にとって驚くべきは、襲撃しようとしていた貨物船が自分から本川のほうに近づいてきたことだ。

後から気がついたのだが、本川が襲撃を行った場所は水深が浅かった。だから貨物船は潜水艦が活動できないであろう浅瀬に避難するという意味もあったのだ。

しかしそれは、特殊潜航艇である甲標的には無効な判断だった。

とっさのことで驚いた本川も、これがチャンスと気がつくと、すぐに最後の魚雷を放った。

至近距離であり、貨物船も針路変更したばかりで簡単には回避できない。そもそも魚雷の存在に気がついていない。

魚雷は外れようがない状況で命中し、大爆発を起こす。どうやら積荷が誘爆したらしい。轟沈《ごうちん》には至らないとしても、船全体が燃えているようだ。

「撤収して状況を報告する」

本川は松本にそう言うと戦場を後にした。

「雑役船で魚雷の補充はできませんかね」

そんな松本に本川は言う。

「そこまでいけば、それはもう雑役船なんぞではあるまい」

5

ガダルカナル島のルンガ岬には見張所が置かれていた。日本軍の奇襲に備えるためだ。

以前はレーダーがあって軍艦が停泊していたが、どちらもいまはない。敵の奇襲を避けるのには、ここの見張所が頼りだ。

彼らは水平線が赤く燃えていることに不吉なものを感じた。

明朝に三隻の貨物船から補給を受ける計画となっている。まさにその航路上の水平線で、空が赤くなっている。

「船団が襲撃されたか!」

見張所からの電話に、すぐ通信局から返信が届く。問題の船団は敵潜水艦により三隻のうちの二隻が撃沈された。大打撃だ。

状況を報告しているのは残り一隻の貨物船であった。ほかの二隻が航空機や建設重機を輸送しているのとは異なり、この貨物船は食料や医薬品を運んでいる。

現在は友軍将兵の救援を優先し、そのため到着は遅れるという。

「ワスプは何をしているのだ?」

船団襲撃を知ったガダルカナル島の将兵は、制空権を確保するためにいるはずの空母ワスプに対して不満を漏らしていた。

そうでなくても、彼らは受け身一方だと島の将兵からは見えた。

そもそもワスプ自身は、ガダルカナル島からは見えない場所にいる。敵に存在を知られないためらしいが、これもあってガダルカナル島では時として日本軍機の侵入を許す場面もあった。

飛行艇なら撃墜できるようだが、どこから来るのか小型偵察機は撃ち漏らすことがある。どうもワスプの現在位置から、レーダーの死角を日本軍は見つけたらしい。

空母ワスプが動き出したのは未明のことだった。戦果確認か何か知らないが、救援作業中の貨物船の直上を飛行艇が通過したというのだ。

飛行艇は爆撃を行ったというが、それは命中に至らなかった。この報告を前にワスプも沈黙を続けてはいられない。彼らは移動して貨物船周辺に戦闘機を展開した。

それが功を奏したのか、飛行艇はそれ以上、現れることはなかった。

ワスプの戦闘機は貨物船がガダルカナル島に到着した時点で撤退し、雷撃された貨物船の将兵は護衛の駆逐艦が派遣され、それによりとりあえずオーストラリアまで移送されることとなった。

ところが、揚陸作業を始めてほどなく、この貨物船が突然爆発した。状況的には雷撃されたとしか思えなかったが、作業中に航跡を見たものはいない。

いずれにせよ、貨物船は雷撃により沈没する。幸いにも水深が比較的浅かったので、甲板から上は海面より出ており、一部の物資は回収できた。

とはいえ、三隻の貨物船を投入しながら、揚陸できた物資は一〇〇トンにも満たず、ガダルカナル島の将兵は飢餓には見舞われていないものの、深刻な状況であることは間違いなかった。

ただガダルカナル島の状況について、直接島の将兵とは接触のないシャーマン艦長らは、潜水艦被害を船団や島の守備隊の問題と理解していた。

それはセクショナリズムということではなく、空母ワスプには全体状況が知らされていないという単純なミスであった。そのためシャーマン艦長らは、ガダルカナル島に水上艦艇など停泊していないことさえ把握していなかった。

そしてここに至って、シャーマン艦長も太平洋艦隊司令部から、やっと全体状況の説明を受けた。担当者の謝罪はないが、いまさらそれはどうでもいい。

彼は船団が襲撃された理由をツラギの飛行艇基地に求めた。それが船団を発見し、潜水艦が襲撃したのだと。

そこで許可をもらい、ツラギ基地の攻撃を行うこととなった。ただし制約は多かった。

「ガダルカナル島の基地からと思わせるため、戦闘機のみで攻撃せよ」

いまさらそんなことを言っている場合ではないとシャーマン艦長は思うのだが、

司令部からの命令とあれば仕方がない。

九〇キロの爆弾を装備して、シャーマン艦長は一五機のＦ４Ｆ戦闘機を出撃させた。

空母ワスプの現在位置からツラギまでは比較的近い。そして、ツラギにはレーダーはなかった。

時間は未明を狙う。飛行艇が飛び立つ前だ。

この時、ツラギ基地には四隻の甲標的が整備のため陸上に引き上げられていた。

その整備場に、まず爆弾が投下された。爆撃で整備場は吹き飛び、鉄骨の梁《はり》が崩れ落ち、四隻は屋根の下敷きになり炎上する。

しかし結果として、攻撃側が甲標的の存在などを知らないため、その存在が認識され、報告されることはなかった。

それよりも攻撃の中心は飛行艇であった。六機の飛行艇が停泊していたが、それらは激しい機銃掃射を浴びる。その上で戦闘機隊は爆弾をそれぞれに投下していった。

正直、命中率は高くなく、爆撃で破壊された飛行艇は六機のうちの一機だけだった。ただし機銃掃射の損害は大きく、それにより炎上するもの、あるいは修復不能な損傷を負うものもあり、部隊の戦力は全滅した。

こうしてツラギ基地は破壊され、空母ワスプもそれを司令部へと報告した。

6

ツラギ基地攻撃から報告を受けた井上司令長官は、そう判断した。

「空母がいるな」

「空母とは……」

幕僚らが驚くなかで、井上は最新の偵察写真を見せる。

「攻撃の前日にガダルカナル島の様子を撮影したものだ。敵の電探には死角があるというので、そこをついて撮影した。

どう見ても滑走路は完成していない。これでも一機、二機の飛行機なら飛ばせないこともなかろうが、基地を壊滅させるだけの部隊規模の航空機を運用できる水準じゃない。

むしろガダルカナル島に電探はなく、空母の電探が使われていたとすれば、レーダーに死角ができても不思議はない」

「つまり、ムンダの夏山丸のような形で米空母が展開していると？」

「その通りだ、参謀長」

司令部内は色めきたつ。敵空母が密かに展開しているというのなら、それを放置はできない。

「空母が展開しているというのは、とりもなおさずガダルカナル島の基地が使える状態にはないということだ。だからこそ空母が必要だ。

ツラギを攻撃したのは、甲標的によるガダルカナル島の封鎖が効果をあげているということだ」

「しかし空母がいるとして、ツラギの飛行艇基地が使えないとなれば、捜索は困難では？」

そんな参謀長に井上は指摘する。

「四発重爆があるではないか」

7

「空母索敵ですか、いいですな」

四発偵察機で敵空母を捜索する。その話には、永井海軍大尉よりも加藤陸軍中尉のほうが乗り気だった。

爆装はしていないので空母を撃沈はできない。加藤もそうしたことは期待していないらしい。

あくまでも、自分が開発に関わってきた四発機が実戦でどこまで使えるのか、それを確認したいのだ。

陸軍航空隊が空母を攻撃することはまずあり得ない。しかし、空母を要塞と考えるなら、強力な対空火器の中を威力偵察するようなことは十分にあり得る。

その意味では、加藤中尉は今回の任務で四発機をいじめてみることを考えているようだった。自分も操縦桿を握るというのに無茶な話に思えるが、それだけ本機に自信があるのだろう。

「今回も護衛戦闘機がつく。毒蛇が四機だ」

「四機でか」

「相手は空母だからな。その何倍も迎撃機が出るだろう。我々も遊んではいられん」

作戦の段取りとしては、四発重爆が敵空母を発見したら、ラバウルの陸攻隊が出動することになっている。

陸攻隊が索敵にあたらないのは、敵空母に打撃戦力を集中したいのと、必要以上に航空機を展開することで敵空母に警戒されないためである。

一機だけなら敵も迎撃機を出そうという気になるが、四方八方に攻撃機を出されれば、敵空母とて逃げるだろう。

それに、敵空母の目的がガダルカナル島の防衛であるならば、その所在は比較的絞られる。ならば一機で十分ということだ。

ラバウルからは毒蛇が先に離陸して上空で待機し、その後に四発偵察機が離陸した。

「こんなに接近して大丈夫なんですか」

加藤は機長の永井に確認する。

「大丈夫、腕は確かな連中だ」

「しかし、ここまで密集しなくてもいいと思いますが。危険では？」

「実験も兼ねているそうだ」

「実験？」

「電探の実験だそうだ。ラバウルの電探では、極端に密集して飛行する編隊は一機にしか見えないらしい。だからこうして密集すれば、敵には単独の偵察機に見える。

単独なら迎撃機が出ても一機か二機。空母が逃げることはない。そういうことらしい」

この話に加藤はひどく感心していた。

「ということは電探が登場したいま、練習航空隊の戦術も変わるってことですか」

「まぁ、我々もあそこを出て何年にもなるが、それは当然あるだろう。電探についてはわからないが、機上作業の教程に関しては四発重爆に対応しているらしい。だから電探にも対応していても不思議はない。いましてなくても、遠からずだろう」

それでも毒蛇戦闘機隊の実験がうまくいくかどうかはわからなかった。要するに電探の分解能次第の話であるし、それについては十分な情報はなかったからだ。

しかし、戦闘機隊の読みは当たった。戦闘機の無線電話から一報が入る。

「敵戦闘機、接近中！」

8

「敵偵察機が接近中です。一〇分後に本艦の正面を横切ります」

レーダー室からの報告に、シャーマン艦長はそれほど驚きはしなかった。ツラギを爆撃したからには、ラバウルが哨戒飛行を肩代わりするのは不思議でもなんでもない。

彼は、敵が空母ワスプを探しているとは考えていなかった。空母の存在は可能な限り秘匿している。ツラギへの攻撃さえ爆撃機ではなく、戦闘機の爆装で対応したのだ。

それに日本軍が本気で空母攻撃を考えているとしたら、索敵機が少なすぎる。ガダルカナル島の比較的限られた領域を捜索するのだから、もっと索敵機が飛んでいてもいいだろう。日本軍には多数の飛行機があるのだから。

じっさい、いま飛んできている偵察機にしても単独である。周辺にほかの飛行機は見当たらない。

「迎撃戦闘機を出せ。そう、一機でいい」

シャーマン艦長は、迎撃機を一機だけにした。偵察機を一機で撃墜するには時間もかかるだろうが、それが彼の狙いだ。

たった一機の迎撃機しか飛んでこなかったことで、敵は空母の存在に気がつかず、ガダルカナル島から飛んできたと考えるだろう。

こうしてF４F戦闘機一機が発艦する。

「戦闘機より、敵機を目視、八発の大型機と言っています！」

レーダー室からは困惑気味の報告がなされる。

受け取るほうも困惑する。四発機ならわかるが、倍の八発とはなんなのか？

日本の同盟国のドイツでは、ドルニエがやたらにエンジンがついた飛行艇を開発していた。シャーマン艦長が思いつくのはこの程度だ。ほかに八発機などと聞いて、その姿を思い浮かべられるはずもない。

四発機の両脇に密集して双胴機の毒蛇が飛んでいるので八発に見えたのだが、遠距離ではそこまではわからない。

四機の毒蛇戦闘機が散開したのをF４F戦闘機と空母ワスプのレーダーは、ほぼ同時に目撃した。

じっさいに散開を目にしたF４F戦闘機は何が起きているのかわかったが、レーダーのほうはまったく状況がわからない。

一機が、どうして五機になるのか？

F４F戦闘機が状況報告をすればよかったのかもしれないが、四機の戦闘機に襲撃され、そんな余裕はなかった。

一機の毒蛇戦闘機を振り払おうと急旋回を行うも、まさにそこに、もう一機が待ち構えていた。そもそも一対四では、どうにもならない。

満足に報告もできないまま、F4F戦闘機は撃墜されてしまった。そして、毒蛇戦闘機は再び四発重爆に密集する。

レーダーを見ている側は、まったく何が起きているのか理解できなかった。

PPI装備のレーダーとはいえ、アンテナが一周するまではその間の状況がわからない。そしてこの時期のレーダーには、まだ敵味方識別装置はなかった。

迎撃機が消えただけでなく、五機の敵機も一機になっている。まったく理解できない。迎撃機からの応答もない。

シャーマン艦長はこの不可解な状況に、あえて迎撃機の増援は出さなかった。状況がわからないなかで無駄に犠牲は増やせない。そこで、敵機に対しては対空火器で応戦することにした。

この判断は司令部の「存在を秘匿せよ」という命令に反するものとなるが、シャーマン艦長としては根拠不明の命令にしたがい、迎撃機の犠牲をいたずらに増やすつもりはなかった。

それに迎撃機が撃墜された時点で、「存在を秘匿せよ」という命令そのものが意味を失ったのだ。

Ｆ４Ｆ戦闘機がやって来た方向に空母があると判断されたのか、日本軍機は目視でその姿を確認できるまでになった。

さすがにこの時点では毒蛇戦闘機は密集していないが、四発機を守る態勢は維持している。

四機の戦闘機は空母に対してつるべ落としで急降下をかけてきた。そうして接近しながら、四機がそれぞれ機銃掃射でワスプの飛行甲板を叩く。

飛行甲板の上にはＦ４Ｆ戦闘機などが並んでいた。機銃掃射により、それらは次々と燃え上がっていく。

爆撃機がなかったことと、戦闘機も爆装まではされていなかったため、戦闘機が炎上するだけで爆発には至らない。

そして、四発の大型機が接近してくる。

しかし飛行甲板は使用不能だ。迎撃機も出せない。周囲の駆逐艦が対空戦闘を行うが、空母の黒煙に邪魔されたり、双胴戦闘機の機銃掃射に邪魔されてうまくいかない。

なんらかの損傷は与えているようだが四発機は飛び続け、空母との距離を縮めていく。

「あれに爆撃されたら致命的です！」

そう動揺する部下たちにシャーマン艦長は叫ぶ。

「慌てるな！　攻撃機なら一機ということはない！　あれは偵察機だ！」

部下たちの動揺が収まると、彼はすぐにダメージコントロール担当の士官に命じた。

「左舷に注水し、艦を傾斜させよ！」

「傾斜させるんですか」

「炎上中の機体を捨てる！」

彼はさらに機関部に電話し、速力を五ノットまで低下させた。

「艦長、これはどういう……」

「偵察機が去るまでだ。飛行甲板が炎上し、速力が五ノットまで落ちて艦が傾斜している。どう見てもワスプは沈没寸前だ。

敵の偵察機が去ったら、すぐに原状復帰し、近くの島嶼に避難する。機体とガラクタが海面に浮いていれば、敵はワスプが沈んだと思うかもしれない」

「信じてくれるでしょうか」

「とりあえず明日まで信じてくれれば、それでいい！」

シャーマン艦長の偽装はそれなりに効果をあげたらしい。五ノットの速度を二ノットまで下げ、ガソリンを撒いたマットに点火して黒煙だけは派手にあげる。

偵察機が去った後、すぐに炎上した機体は捨てられ、消火活動が行われた。

そして、空母ワスプは駆逐艦とともに三〇ノットで、その場を離れていった。

逃げ切れるのかどうかはわからなかった。じっさいレーダーには二時間もしないうちに日本軍機が探知された。その数は二七機。日本軍の双発爆撃機と思われた。

火災で戦闘機の多くを失った空母ワスプにとって、この二七機は大いなる脅威であった。

しかし、彼らは偵察機の報告を信じたのか、最初の攻撃地点に向かっている。

そして現地でしばらくとどまった後、周辺を偵察することなく撤退していった。

シャーマン艦長の苦肉の策は功を奏したようだ。

すでにツラギの飛行艇は脅威ではない。いましばらくは現在地にいても、日本軍には気取られまい。

シャーマン艦長は太平洋艦隊司令部に状況を報告し、爾後《じご》の指示を仰いだ。

空母ワスプは飛行甲板こそ艦載機が派手に炎上したが、すぐに炎上機を捨てるなどしたため、じつはそれほどの損害はなかった。艦載機の離発着に不都合はない。

損傷箇所は飛行甲板だけで艦内は無傷である。日本海軍航空隊がもっと冷静であれば、いかに飛行甲板が激しく炎上しようとも、燃えているのは飛行機であり、空母ではないことに気がついたはずだ。

そもそも敵は爆撃はおろか、機銃掃射しかしていないのだから、船体に深手を負う道理がない。

おそらくは戦闘機が誘爆し、それによる火災が艦内に広がった。そんな解釈を彼らはしたのではないか。確かにそういう誤解を期待して、艦を傾斜させたり、艦を止めたりしたのは自分である。

数時間後に、米太平洋艦隊司令部より命令が届く。空母サラトガを交代要員として送るが、準備に時間を要するので、それまで現在の任務を続けろという。

ただ戦闘機が欠けているのは問題だから、戦闘機だけ補充しろとのことだった。

それはシャーマン艦長にも理解できる話だ。ただ問題は補充場所だった。

彼としてはエスピリトゥサント島かオーストラリアのブリスベーンを考えていた。近くでF4F戦闘機の補充ができそうな場所はほかにない。

真珠湾は遠いし、基地機能も失われているに等しいから使えないのだ。

ただ、エスピリトゥサント島は九七〇キロと近いのは近いが、基地機能は建設途上で、陸軍機はあるだろうが海軍機があるとは思えない。燃料の補給は可能だろうが、それは問題解決にはならない。

そうなると海軍機も手に入るのはブリスベーンとなるが、距離が馬鹿にならない。現在位置からブリスベーンは四四〇〇キロもある。往復すれば八〇〇〇から九〇〇〇キロになる。そこそこの速度で移動しても一〇日近くかかってしまう。

だが、米太平洋艦隊司令部はウルシー環礁での補給を指示してきた。そこなら戦闘機が補充でき、燃料の補給もできるという。燃料補給はタンカーから直接となるが、ともかく可能である。

シャーマン艦長は、ウルシー環礁に米海軍の基地があるということを初めて知った。自分でさえ知らないのだから、日本海軍も知らないだろう。

重要なのは、ウルシー環礁は三一〇〇キロしか離れていないことだ。ここなら一週間以内に往復できる。燃料やほかの物資の補充もできる。

最短距離で移動するとラバウルの鼻先を通り過ぎることになるが、いまから行けば、そこは夜間になる。敵機の脅威はないだろうから、レーダーも活用すればすり抜けられよう。

こうして空母ワスプは護衛駆逐艦一隻を伴い、ウルシーへ向かった。護衛を最少にしたのは、太平洋艦隊司令部からの「気取られてはならない」という命令と、ガダルカナル島の防衛にあたって水上艦艇がゼロというのはいかにもまずいとの判断からだ。

心配していたガダルカナル島の夜間の通過は、無事に成功させることができた。哨戒艇はいたようだが、それはレーダーで回避できた。

むしろウルシー環礁へ接近する航路のほうが気を使ったかもしれない。日本の委任統治領にも近いため、日本の艦船に発見されるわけにはいかないのだ。

しかしそれも、レーダーのおかげで回避できた。むしろ日本の船舶はこの海域では少ないという印象をシャーマン艦長は受けていた。

そうしてウルシー環礁の手前まで来ると、水先案内人とでもいうべき哨戒艇が現れた。その哨戒艇にエスコートされるまま、彼らは環礁内の水道を進んでいった。

「これが基地なのか……」

シャーマン艦長にとって、そこはなんと評価すべきか難しい存在であった。良いとか悪いということではなく、彼のイメージしていた基地の姿とあまりにも違っていた。

燃料補給が停泊中のタンカーから直接なのは、まだわかる。物資補給なども貨物船から艀《はしけ》経由で運ばれてくる。

環礁だから多数の船舶を抱えられるのはわかるのだが、島嶼部分の基地機能はないように思われた。

現地部隊から説明に訪れた将校によれば、ウルシー環礁の基地化は現在も進めている最中で、いまの状態は過渡期なのだという。なるほど、それならわかる。

すでに島の一部では滑走路が完成し、戦闘機隊が活動しているという。ワスプに支給されるF4F戦闘機は島の航空隊の半数、一六機であった。とりあえず一六機あれば、ガダルカナル島の当座の防衛には十分だろう。

波の穏やかな環礁だから艀輸送でも問題はなかったが、港湾施設が未整備であるため、一六機のF4F戦闘機も艀で運ぶしかなかった。

戦闘機の補充には苦労はしたが、大きなトラブルもなく完了した。そして、空母ワスプはウルシー環礁の基地を後にする。

作業の合間に彼は地図で確認したが、なるほど日本本土を攻撃するには、ウルシー環礁を確保することは重要だ。ここに艦隊の拠点が設けられるなら、日本本土の封鎖も不可能ではない。

環礁の水道を抜ける頃には、シャーマン艦長のウルシー環礁への評価も変わっていた。

確かに、ここは戦略上の要衝だ。ただガダルカナル島基地との関係はわからない。あるいはラバウルを将来的に挟撃する計画でもあるのか？

そのラバウルを彼らは今回も深夜に通過する。哨戒艇らしい姿がレーダーには写っていたが、それらは回避可能だ。

すべては順調と思われた。そう、その時までは。

9

ツラギ攻撃と米空母の撃沈により、甲標的隊は再びラバウルに呼び寄せられた。

ところが、移動中に事故で沈没するものが現れるなどしたため、ラバウルで使える甲標的は二隻にまで減ってしまっていた。

もっとも、これは驚くべきことではなかった。

もともと使い捨て兵器として甲標的は考えられていた。腐っても潜水兵器であるので機構は緻密だ。しかし、それでも消耗品なのは間違いない。

それでいえば、甲標的を大型化して乗員を増やすという潜水艦的な運用は、兵器の性質からいえば迷走であり、長い目で見れば無駄遣いと本川には思えるのだ。じっさい彼はいま使っている甲標的も、そろそろ大幅に修理するか、新型に交換すべきではないかと思っていた。

作戦に従事できないというわけではないが、色々と機構を簡便化しているため連続使用による劣化も目立つ。

潜水艦なら将兵が艦内をきっちり掃除も整備もできるのだが、甲標的でそれは無理だった。小型特殊潜航艇なので乗員が手を出せない領域が多いため、その部分で摩耗などが起これればどうにもならない。

しかしそんな甲標的で、彼らが深夜にも任務につくのは運用経験の蓄積のためだ。壊れるまで使ってみると、どうなるか？　そういうデータを集めるのである。それが次の新型の改善に繋がる。

ラバウルでそれを行うのは、基地が近いので事故が起きても即応できることと、沈没時にも引き上げが可能なためだ。船体を回収できるなら、問題点を特定し、次の改良に役立てることができる。

雑役船も比較的近くにいる。だから運用試験は問題ないだろう。

「うん？」

本川中尉がその音を拾ったのは、偶然といえば偶然だった。

彼らはあまり水中聴音機を利用していない。浅い海では雑音が多すぎて使いものにならないからだ。接近してくるのがわかる。せいぜいその程度である。

だから、その情報は雑役船からもたらされた。

「大型軍艦の接近音を捕捉！」

それは無線電話で流れてきたのだが、正直、信じられなかった。

まず、ラバウルの艦隊はいまは停泊中で動いていない。そもそも大型軍艦はそれほど停泊していないのだ。

だとすると敵艦か？　しかし、よりによってラバウルの目と鼻の先を通過するというのは、豪胆というより馬鹿ではないか？

だが、本川はすぐに気がつく。馬鹿ではないかと言ってはみたが、いまラバウルでこの大型軍艦を仕留められるものはいるのか？

哨戒艇さえ十分に働いているとは言いがたい。つまり、敵艦は豪胆であっても馬鹿ではない。むしろそれに気がつかなかった我々こそが愚か者ではないか。

本川は雑役船の指示にしたがい甲標的を移動させる。修理が必要と思っているのは、特定の故障箇所があるからではない。故障が起こる前に修理すべきという意味合いだ。

だからこの時も甲標的は普通に動いていた。速力も三〇ノット近く出る。

本川は相手の正体がなんであれ、必ず撃沈させるつもりでいた。なぜなら、ラバウル近海を深夜無事に通行できるなんてことを米軍が当たり前と考えたら、それはラバウル防衛にとっての脅威であるからだ。

昼間のラバウルであれば、有力水上艦艇こそ少ないが陸攻などの航空隊もあり、敵部隊はラバウルに接近する前に痛打されよう。それでも上陸となれば、敵は勝っても負けてもおびただしい死傷者を覚悟することになる。

しかし、夜襲となれば航空隊は使えず、下手をすれば地上戦による防衛戦となり、日本軍としては航空隊という武器を使えない点で大きく不利だ。

だからこそ、夜襲が通用しないことを米軍に見せつけてやらねばならない。

正体は不明だが、敵艦を撃沈することに疑問はなかった。すでに彼は空母や巡洋艦を撃沈した経験者だ。

戦艦がうろつくことは考えられないから、おそらく相手は巡洋艦。ならば不安などない。

幸いにも月明かりがある。大型軍艦であれば、シルエットでわかるだろう。ただし、相手がわかる頃にはかなり接近している必要がある。甲標的のセイルの高さは低いのだ。

「空母だと！」

本川にとって、それはやはり突然現れた。現れた途端に空母とわかった。

本人にとって二度目の空母との邂逅《かいこう》は、幸運と喜ぶよりも、むしろ何かに呪われているのかとさえ思われた。人生で敵空母に二度も遭遇するか？

しかも遭遇した位置関係は、奇跡的にも雷撃に最適の位置である。だから本川は本能というより条件反射で、魚雷を二発放っていた。

至近距離であり、二発の魚雷が外れるはずがない。大爆発とともに空母は炎上し、夜の空を染める。そして、艦内では大爆発が起きた。よほど当たりどころが悪かったのか。

このことでラバウルの将兵は起き出し、夜空が赤く燃えていることを知る。

空母ワスプは突然の雷撃で撃沈される。ほとんどの将兵が助からず、一番近くにいた雑役船が救助できた空母ワスプの将兵は一〇〇名に満たなかった。

第六章　反　攻

1

「救助者の口は堅いですな」

救助した米空母ワスプの乗員たちの口は堅かった。将兵は捕虜になった場合の教育を受けているため、必要以上の話はしないためだ。

尋問のためにトラック島から送られてきた連合艦隊の人間も、さすがに疲れた表情だった。

「捕虜の義務を理解できない資質の低い水兵もいなくはないのですが、彼らの証言はほとんど役に立ちません。何日航行したか、どこに向かったかさえわかっていない。ただ日々の日課を上官に言われるまま、こなすだけで終わるような連中です」

空母ワスプの撃沈は大本営海軍部などにとって明るいニュースであったが、第四艦隊内部では大きな騒ぎになっていた。

なぜなら、空母ワスプは撃沈したはずなのだ。それはガダルカナル島近海で回収した飛行機やらなにやらの残骸で確認できた。

それなのに、今度も撃沈された空母はワスプであるという。つまり、前回の撃沈は誤りということだ。

じつは、先の空母撃沈も大本営は宣伝していた。その上で今回の空母撃沈である。ただし、大本営の高級軍人は「先日に続きワスプ型空母一隻を撃沈」ですませてしまったが。

いずれにせよ、甲標的が試験をしているという偶然がなかったら、ラバウルは奇襲されていたのである。

航空隊が地上破壊されれば、ラバウル基地周辺は非常に危険な状況に置かれたであろう。しかも水上艦艇が劣勢なので、夜襲で反撃も難しい。ともかく危険な状態にあった。

とりあえず、第四艦隊は重巡洋艦と駆逐艦の増強をトラック島に依頼するほか、電探一基ではラバウル周辺の監視ができないことを悟ると、電探の増設も行われることになった。

そうした混乱の中での捕虜の尋問だった。最終的にトラック島に移送することになるが、その前に情報を得たいというのが井上長官の意図である。

「補給業務については何か言ってないのか」

井上が尋問官に質《ただ》す。

「補給業務ですかぁ、どうも主に艦内で雑務をこなす連中ばかりで、そういう業務がわかるかどうか」

「しかしだ。ガダルカナル島で沈めたはずの空母が、北上ではなく南下してきたというのはどういうことか？

南下するためには北上していなければならない。いつから北上しているのかで移動距離もかなり違ってくる。そうまでして何を目的としていたのか？

それは、どこかで補給を行ったとしか考えられない。どこで補給し、南下してきたのか？　その目的は我々への奇襲のためか？」

「奇襲はないと思います。それなら未明に接近すべきで、深夜ではタイミングが合いません。

捕虜も何もわからないなりに攻撃準備は命じられていなかったと言っていますから、奇襲の予定はなく、そのままガダルカナル島あたりまで戻る予定ではなかったのではないでしょうか」

井上としては奇襲されたくはないわけだが、尋問官の話は理解できるものだった。冷静に考えるなら、空母一隻でラバウルを奇襲はしないだろう。

「どこかに空母を運用できる規模の秘密の基地があるはずだ」

井上は地図を取り出すと、ガダルカナル島を中心に円を描く。

「エスピリトゥサント島でもなく、ブリスベーンでもなく、秘密基地に向かったとなれば、そこはガダルカナル島から四〇〇〇キロ以内の場所となる。近いからこそ補給基地とするはずだ。

そして、攻撃から撃沈までの時間を考えるなら、三〇〇〇キロ以内ということも考えにくい。

あえてラバウルの近海を通過したことから考えて、敵は最短コースを選んだのだろう。ならば、敵空母の針路の延長に探すべき場所がある。

本川中尉らは具体的にどこで空母を発見し、それはどこに向かっていたのかわかっているのか」

それに対応したのは航海科参謀だった。

「本川中尉の報告では、出会い頭《がしら》の遭遇戦でしたので空母の位置以外はわからないとのことです」

その言葉に井上長官は落胆の色を浮かべるも、航海科参謀は続ける。

「しかし、彼の話によれば雑役船の報告を受けたのがこの場所。甲標的はこの方角に向かっており、そこから報告を受けた方向に針路を変えている。

移動から敵空母の遭遇時間は、雑役船側の交信記録でわかります。そうなると、甲標的は遭遇時にこの地点にいたことになります。彼我《ひが》の位置関係はここ。

そして本川中尉は、遭遇時が最適な射点と証言しておりますから、空母と甲標的の射角は六〇度であることがわかります。そうなると、空母はこの方角からやってきたことになります」

井上は、さらに適切な海図を取り寄せさせる。

「この位置と角度で、三〇〇〇キロ以上となると……誤差はありますが、ウルシー環礁が該当します」

航海科参謀の計算に、井上司令長官は意外な思いを覚えた。少し前までそこには、日本海軍が小規模な基地を置いていたからだ。

「兵力分散は愚策」ということで撤退となったが、米軍はそこを拠点としたのだろう。

「真珠湾の基地機能が期待できないいま、敵は新たな拠点を建設しているというわけか」

ウルシー基地の重要性は日米では異なる。

現時点におけるウルシー環礁の価値は、日本軍にはさほど大きくはない。トラック島やラバウルの基地があるから、あえてウルシーに基地を設ける必要もない。

しかし、米海軍にとっては話が違う。日本軍に対して本格的な反攻を計画するならば、兵站《へいたん》基地としてのウルシー環礁の存在は大きいだろう。

ここを拠点としてトラック島やラバウルの補給路を寸断するほか、日本列島の海上封鎖を行うとしても、この基地の存在は欠かせない。

言い換えるなら、日本軍にとっては安全保障のために是非とも確保しなければならない拠点でもある。日本軍にとってのプラスは少ないとしても、米軍のプラスを減らすにはここは必要だ。

「まず、ウルシー環礁の状況を把握する必要がある。なおかつ、敵に気取られてもまずい」

そこは微妙な采配が要求される。井上ならずとも、第四艦隊司令部にはそれがわかっていた。

「トラック島の山本さんに相談せねばなるまい」

2

「あいにくだが、一航艦の空母六隻は現状では戦線に投入できない。来月になれば五航戦は戦線復帰が可能だが、それまでは大型正規空母は動かせん」

トラック島の戦艦大和の応接室で、山本は井上にそう言った。

井上はその話に驚きはしなかった。空母が現在どんな状況かも確認しないで、連合艦隊司令長官との相談には来ない。

「例の基地建設はどうなっていますか」

井上は自分の知っている情報を山本に告げた。

「完全な完成は来月だが、井上さんが考えている作戦は実行可能だ。それならウルシー環礁を叩けるか」

「敵の要地を叩くのが、山本さんの作戦方針では?」

「それをこうして実現するわけですか」

山本はしばし考える。

「陸戦隊を上陸させるとして、環礁の水道を大発で移動するのは犠牲を覚悟しなければなりませんな」

だが井上は動じなかった。

「それについては、じつは陸軍の現地司令部と話がついています」

「陸軍と……陸軍が兵を出してくれるのですか」

「いいえ、上陸は海軍陸戦隊が行います。ただそのための船舶を陸軍側から提供する約束を取り付けています」

「船舶の融通ですか……」

「単なる船舶ではありません。機動艇という一〇〇〇トンに満たない小型艇ですが、海岸に直接揚陸可能で、戦車もそのまま上陸できる。車両五両に兵員一七〇名を輸送可能です。それが五隻使えます」

「戦車二五両に兵員八五〇名が可能か」

「まぁ、そこまで戦車はありませんが、陸戦隊員は増やせます。特別陸戦隊をまるごと輸送できる」

「なるほど。もはや実行しない理由はありませんな」

山本連合艦隊司令長官はそう言った。

3

伊号第一六潜水艦は丙型《へいがた》潜水艦であった。

田所潜水艦長は、自分の命じられた命令の意味がよくわからなかった。たまたまそこにいたから命じられたらしいのだが、ウルシー環礁の近くで航路帯を外れた敵船と遭遇したら、攻撃せずに追跡せよというのである。

同様の命令は付近を活動中の友軍潜水艦すべてに出されているらしいのだが、そもそも近海で活動している潜水艦の数が少ないため、じっさいに作戦に従事しているのは自分のほかには一、二隻らしい。

「まぁ、こいつがどこまで使えるか、それを確かめるか」

田所潜水艦長は、そう前向きに考えた。

丙型潜水艦は甲《こう》型や乙《おつ》型潜水艦と異なり、水偵を搭載していなかった。この点で偵察力が劣った。

しかし、それを補うため試験的に電探が搭載されていた。天候に左右される部分は大きかったが、穏やかな海で夜間なら十分実用的と思われた。

ただ日本軍の優勢な海域だけに、友軍船舶くらいしか発見できないので、戦果らしい戦果には繋がっていない。

そうしたなかで通信長が報告する。田所潜水艦長が時計を見ると深夜であった。

「電探に反応があります」

通信長は新任少尉であった。これから水雷学校や潜水学校で学ぶことになるが、ともかく潜水艦とはどんなものかを知るために海兵卒が潜水艦に乗り込むと、通信長や砲術長になる。

潜水艦でそれらはあまり出番がない役職だからだ。潜航に責任を持つ水雷長などにしてしまったら、潜水艦の乗員は命がいくつあっても足りないだろう。

そういう立場であるのだが、伊号第一六潜水艦の通信長は田所から見て当たりだった。中学時代は趣味でラジオを組んでいたというこの通信長は、誰よりも電探という兵器を理解していた。

正直、本来ならなかなか安定しない試作品をだましだましでも、ちゃんと使える機械としているのは、一も二もなくこの通信長のおかげだ。

なにしろ「田舎で抵抗器がなかなか手に入らなかったので、割り箸に炭を塗ってメーターで値を合わせていました」などという経験を語るような奴なのだ。

「本艦の南東方向二〇キロ先を航行中です。我々から見て東に向かっているようです」

電探でそんなことまでわかるのかと思った田所だが、そこは新任少尉の手前「そうであろう」という顔で発令所に向かう。

すでに発令所では哨戒直の航海長が、通信長の話をもとに海図で位置関係を整理していた。伊号潜水艦も移動しているから、敵船らしき船舶がどこに向かっているかは合成ベクトルの計算となる。

「敵船は、おおむね北北東に向かっているようです」

航海長が報告する。

「北北東……どこに向かっている？　ハワイではないよな」

受けた命令から、それがウルシー環礁から出発したのではないかと田所は思った。敵がそこで何をしているかわからないが、そこからどこに向かうのか？

物資補給ならサンディエゴかサンフランシスコあたりと思うが、それとは違う気もする。

「エニウェトク環礁がもっとも近いようですな」

「エニウェトク環礁……そんなところがあるのか」

どうもこの船は環礁と環礁の間を移動しているらしい。両者の距離は二五〇〇キロ程度だから、低速の貨物船でも二週間で往復できる。優秀商船なら一週間だ。

「現状を報告しつつ敵船を追撃する。本当のところ、どこに向かうのかを確認する」

田所潜水艦長はそう決定した。

そこから敵船を追跡する。電探があるので、あえて接近する必要はなかったが、敵船が具体的に何者であるのかは確認する必要があった。

明るくなり、ゆっくりと接近すると大型商船であることがわかった。型は古いが大型の貨物船だ。物資を満載すれば、そこそこ運べるだろう。

貨物船は独航船で、通常の航路からは離れていた。日本軍に発見されるのを避けるためだろう。とはいえ、潜水艦は電探でそれを発見したわけだが。

敵船をそうして追跡するなかで、田所潜水艦長はそれが西海岸を目指しているのではなく、エニウェトク環礁を目指しているという思いを強くしていた。

「急速潜航！」

明日にはエニウェトク環礁というあたりになると、電探が急激に活発な活動を示しはじめた。

それは哨戒機と思われた。速度から飛行艇であろう。それが活発に飛んでいる。電探のおかげで発見される前に潜航して難を逃れられたが、一方で、潜航中のために問題の商船を追跡することは容易ではなくなっていた。

かろうじて接触を保てたのは、やはり電探の存在によるところが大きかった。

そしてついに彼らは、問題の商船がエニウェトク環礁に入って行くのを確認できた。

このことを報告してから、すぐに新たな命令が届いた。そこからウルシー環礁に向かう船舶があれば、それを追跡し、その確認後に指定の海域で交通遮断戦を展開せよというものだった。

指定の海域は、二つの環礁の中間点よりややウルシー環礁寄りのあたりだ。グアム島の南方とでもなろうか。

田所はその命令で艦隊司令部の意図を察した。連合艦隊司令部はウルシー環礁方面に大規模な攻撃を予定しているに違いない。

だから、その前にウルシー環礁に向かう船舶を攻撃する。ただしそれは、自分たちがウルシー環礁の存在を知っていると気取られてはならない。

グアム島の沖合を狩場とするのも、そこの潜水艦部隊が遭遇して撃沈に至ったように見せかけるためだ。つまり、連合艦隊司令部もウルシー環礁攻撃の準備が整っていないのだろう。

あるいは単なる攻撃だけではなく、環礁の占領くらい考えているのかもしれない。

エニウェトク環礁からウルシー環礁に向かう貨物船は、すぐに見つかった。

二隻の貨物船が出港して西に向かう。

田所潜水艦長はいままでの経験から、電探を全面的に活用するように切り替えた。だからこの追跡劇は、ほぼ電探の運用試験のごとき趣があった。

それらがウルシー環礁に向かうのを見届けてほどなく、ウルシー環礁から現れたタンカーが東に向かうのが確認できた。

襲撃予定地は、ほぼ決まっていた。グアム島に近い海域である。射点への移動は容易だった。相手の動きも攻撃場所もわかっている。雷撃は手順通り行われ、そして計算通りに命中した。

タンカーは爆発したが、思ったほどは炎上しなかった。おそらくは積み荷の石油はほとんど消費され尽くしていたのだろう。

タンカーの炎上は思っていたよりもおとなしかった。

伊号第一六潜水艦は、タンカーが助からないことを確認し、その場を去った。

4

「最初のロールアウト機か」

永井海軍大尉らが活用していた偵察機は日本に返送され、それと入れ違いに新たな四発機が九機送られてきた。

まだ量産段階にはないが、量産を前提とした四発重爆の試作機だ。

これをラバウルで実戦試験を行い、改良点を洗い出し、それを量産型に反映するという計画だ。

もっとも工場での生産は「実用試験機」として始まっており、試験結果の反映は、それらについては大規模整備時に改修することになっている。

いずれにせよ、ラバウルに配備されたのはまぎれもなく爆撃機だ。四トンの爆弾を搭載して三〇〇〇キロを飛行できる四発機だ。

「九機なら三六トンの爆弾を投下できるのか」

加藤陸軍中尉も、その四発機には興奮を抑えられない。試作機だから完成形ではないと言われているが、操縦員の防御装甲など押さえるべきところは押さえられている。

「爆撃照準器は最新式なんですか」

「そう聞いている」と永井は答える。

爆撃照準器には二つのモードがあり、水平爆撃用と雷撃用だ。量産を円滑にするためと、陸海軍で作戦機を融通する都合から、陸軍機にも雷撃照準器は内蔵されている。

どちらも機械式計算機だが運用は異なる。計算はどちらもベクトルの合成だが、操縦の問題があるために操作性が違うのだ。

雷撃の場合は操縦者が行う。敵艦の進路、速度、距離などを爆撃手が計測して照準器に入力する。

すると、主操縦員の目の前の照準装置に光の点が表示される。操縦員はその光の点が真正面になるように機体を操縦し、光が消えたら魚雷を投下する。

すでに互いの位置関係が計算されているから魚雷は命中する。

敵船、攻撃機、魚雷では攻撃機が最も高速であるから、照準器から見える敵艦の位置と照準器が示す航路は少しずれているように見える。このずれが魚雷が進む角度と距離により、敵艦の位置を捉えるのだ。

水平爆撃も、やることは基本的に変わらない。ただ風の影響などを計算機のパラメーターに与えねばならない。さらに、飛行機は投弾完了まで直線飛行を続けねばならなかった。

この点が新型照準器のネックであった。相手によっては対空火器からの回避運動ができなくなるからだ。ただ従来の陸攻での試験では、水平爆撃に関してかなりの命中率向上が認められたという。

「我々の当面の訓練は、二トンの爆弾を搭載して四〇〇〇キロの飛行距離を実現することだ」

永井の言葉に加藤は驚きを隠せない。確かに四トンの爆弾ではなく、二トンの爆弾にすれば航続力は伸びるだろう。

しかし、一〇〇〇キロ伸ばすというのは難問だ。ざっと一〇時間は飛び続ける計算になるが、それとて飛行高度や速度で変わる。経済速度で長時間が必ずしも正解とは限らないからだ。

「仮に何をやっても四〇〇〇キロが不可能なら？」

「その時は作戦自体が変わる。それしかないだろう」

5

「グアム方面の船舶の損失が増えているというのは、どういうことだ？」

ニミッツ司令長官は、グアム島の沖合で相次いでタンカーや貨物船が撃沈されるという報告に苛立《いらだ》っていた。

それはウルシー環礁への物資輸送の途絶を意味するし、拠点整備が進まないことでもある。

「現時点において、敵がウルシー環礁に気がついているという報告はありません」

レイトン情報参謀はそう報告するが、ニミッツ司令長官はいささか懐疑的だった。

「どうして敵が気がついていないと言えるのか」

「ウルシー環礁もエニウェトク環礁も、どちらも日本軍の動きが観測されていません。一方で、グアム島方面の通信量は増え、航空隊の活動も増えつつありますが、ウルシー環礁は無視同然です。グアムとウルシー環礁の距離は六八〇キロに過ぎないというのに」

レイトンの説明はむしろニミッツを当惑させた。

「敵は、通過する船舶量が増えたことに疑念を抱いていないのか」

「いえ、疑念は抱いているようです。ラバウルの航空隊も増強されているようです」

「ラバウルの増強？　どうしてラバウルを増強する？」

「どうも日本軍は、我が軍の別働隊が密かにゲリラ戦を計画しており、その部隊に洋上補給を試みていると考えているようです。独行船が多いことがそうした解釈に繋がったようです」

「その判断の根拠はなにかね」

ニミッツ司令長官にはそこが気になる。

「日本軍の暗号はまだ解読されておりませんが、識別符号から部隊の割り出しはほぼ成功しています。それによれば、ガダルカナル島を偵察した大型陸上偵察機が増強されています」

「大型陸上偵察機というと、将兵が目撃したB17のようなやつか。B17のコピーとか言われている、あれか？」

ガダルカナル島が毒蛇と四発偵察機に襲撃された時、島の将兵は日本軍がB17をコピーしたと報告した。真意はB17のような四発機だったのだろうが、太平洋艦隊ではむしろB17のコピーのほうが通りはよかった。

「それです。爆撃能力はありませんが、航続力はあるようです。それが一〇機近く増強されたようです」

「爆撃機が増強された可能性はないのか？　B17のコピーなら爆撃も可能なはずだが」

「B17のコピーと言われていますが、日本人がものまねが得意といっても、こんなに短期間にはコピーは不可能でしょう。我が国の最先端爆撃機ですから。よしんば形状は似ているとしても、彼らが独自に開発したものでしょう。ですから爆撃能力がないことはあり得ます」

「なぜ、そう言える？」

ニミッツはレイトンの情報分析に、最近はいささか懐疑的だった。だから無意識に執拗になる。

「部隊が偵察部隊であること。さらにガダルカナル島が襲撃された際、攻撃を仕掛けてきたのは戦闘機隊であって、偵察機からは爆撃はなされなかった。

おそらく偵察機として実用化してから、爆撃機として完成させるのが彼らの計画なのでしょう。爆撃機であれば、戦闘機が爆装して爆弾投下する必要はないわけです」

「なるほど」

すべての疑問に的確な返答をよこしたことに、ニミッツはレイトンを再評価する気になっていた。

「敵は偵察機を大幅に増強した。そしてそれは、空母サラトガの部隊がワスプの穴を埋めるのに移動しているタイミングで行われています」

ニミッツはそれを聞いてはっとした。

確かに自分は、そうした命令を出していた。最初はガダルカナル島を守るべくサラトガを向かわせていたが、グアムの船舶喪失が増えたことで、そちらの防衛のために針路変更を命じていたのだ。

「敵はサラトガの活動に気がついたのか？」

「そこはわかりません。サラトガであるとわかっていない可能性も否定できません。ただなんらかの艦隊が活動していると考えている可能性はあります」

「つまり、こういうことか。敵はサラトガの部隊がガダルカナル島で活動すると判断し、それを捕捉するために偵察機を増強した。こうした活動ゆえに、敵はウルシー環礁には気がついていない」

「それが我々の分析です」

ニミッツはここまでの話から考える。

サラトガを中心とする空母部隊は、グアム近海の海上輸送路の護衛にあてる計画だった。それをどうするか？

これは好機なのかもしれない。それが彼の結論だった。

敵がガダルカナル島周辺の警戒をすればするほど、ウルシー環礁への補給は容易になる。

仮にいまガダルカナル島を日本軍に奪われたとしても、ウルシー環礁の基地が完成し、日本本土への攻撃が可能となれば、それはさほど重要な問題ではあるまい。

ならば、現状の作戦を前進させるよりない。まずは海上輸送路の安全確保だ。

6

伊号第一六潜水艦は帰路についていた。

任務中に交通破壊戦を命じられ、それなりに戦果をあげてきたが、おかげで魚雷が払底した。いや、じつを言えば一本だけ残っている。それは酸素魚雷ではなく、旧式の空気魚雷である。

戦線の拡大とともに潜水艦戦力も拡大したが、戦力と呼ぶためには魚雷を搭載しなければならない。しかし、酸素魚雷の生産量にも限度があり、旧式の空気魚雷も配備されていた。

ないよりはましであるが、酸素魚雷の利点は活かせないわけで、運用には相応の制約がある。

魚雷方位盤さえ対応していないから、計算して接近して撃つしかない。

運に恵まれ、多数の戦果をあげたと考えれば幸運とも言えるが、空気魚雷一本の状況は不運とは言わないまでも、なかなかつらい。

そして田所潜水艦長が運命の皮肉を感じたのは、電探の報告を受けた時だった。

「多数の大型艦艇が展開しています。我々の交通破壊戦に対して護衛部隊を展開したのではないでしょうか」

「護衛部隊か」

それは十分に考えられる話である。船舶の犠牲が増えたら、それを看過はできないだろう。

伊号第一六潜水艦は、すぐに電探の示す方向に移動する。ある程度追跡すると敵の針路も読めてくる。

そこでわかったのは、敵部隊は同じ海域を方形に移動しているという事実である。船団を護衛しているのではなく、船団を襲撃しようとしている潜水艦を待ち伏せているとしか思えない。

田所はすぐにこの事実を艦隊司令部に打電し、敵艦隊の正体を確かめるべく待ち伏せる。遠ざかったように見える敵艦隊も、数時間後には自分たちに向かって接近する。それがわかっているからだ。

そして時は来た。

「敵機だと！」

田所潜水艦長は電探で敵の接近を確認後、潜航して敵部隊を待ち構えていた。

だが敵艦隊より先に、彼は航海用潜望鏡により敵機の姿を捉えた。機種は判別できなかったものの、水上機ではなく陸上機であった。つまり、空母がいる。

敵機の姿が見えなくなってから、田所潜水艦長は短波楼を上げて、このことを打電する。

そして、自身は雷撃準備にかかった。酸素魚雷はないが、空気魚雷でも敵艦の動きは止められる。

「レキシントン級空母だ。つまり、サラトガだ」

ウェーク島の海戦で空母レキシントンは沈んでいる。ならば、これはサラトガだ。

田所潜水艦長は、ひたすら待つ。たった一発の空気魚雷しかない。外すという選択肢は彼にはないのだ。

すでに潜水艦は無音潜航中だ。発射管の注水もとうの昔に終わっている。雷撃を避けるという選択肢はすでにないからだ。

そうして、ついに最適の射点に空母サラトガが現れる。彼は雷撃を命じ、雷撃後に急速潜航を命じた。

空気魚雷は酸素魚雷と違って白い航跡が明確に残る。どこから雷撃されたのかが一目瞭然だ。

じじつ雷撃からほどなく多数の駆逐艦が動き出す。探信儀からのピン音が海中にこだまする。そのなかで爆発音が聞こえた。

「命中したぞ！」

田所のその歓声と重なるように、伊号第一六潜水艦は至近距離の爆雷により撃沈された。

7

「隔壁閉鎖しました」

ダメージコントロール担当者からの報告を受けて、ラムゼイ艦長は安堵した。

「注水により艦の傾斜を調整しております。ただ雷撃の衝撃で注排水装置が一部動作せず、完全な水平維持にはあと数時間かかります」

「敵潜は撃沈したのか」

「大規模な空気の泡が観察され、海面には大量の重油と乗員らしき遺体の一部も見つかっています。撃沈は間違いないでしょう」

兵器担当将校が答える。

「それなら、水平になるまでの数時間は安全ということになるな」

ラムゼイ艦長としては空母からいつ発艦できるか、そちらが重要だった。同時に雷撃を受けて損傷した以上は、可能な限り早急にドック入りすべきと考えていた。

しかし、状況はなかなか厳しい。

「代替艦の手配がすむまでウルシー環礁に停泊し、海上輸送路の安全を確保するとともに、工作艦による応急処置を受けよ。以上であります」

米太平洋艦隊の命令は厳しいものだったが、戦力に余裕がない以上、それは避けられないとラムゼイ艦長も命令に異議は唱えなかった。

「隔壁の強度があるので速力は上げられません」

ダメージコントロール担当者の言葉に、ラムゼイ艦長は渋い表情を浮かべた。

8

空母サラトガが雷撃される少し前。ヤップ島の滑走路からは毒蛇戦闘機隊が爆装して出撃しようとしていた。

ヤップ島の航空基地はトラック島防衛の縦深を深めるという意図で細々と建設されていた。じっさい必要性が疑問視され、中止という意見さえ出ていたほどだ。

だが中止されることなく、建設は続いていた。細々と続いていたため、米軍もヤップ島の基地建設については把握していなかった。

ここにきて第四艦隊の支援もあり、設営は一気に進み、いま出撃を待っている。

「最重要課題は敵飛行場の撃破である。水上艦艇は二の次である。制空権を確保した上で、機動艇により海軍陸戦隊が上陸する。すでに飛行艇隊が支援作戦を実行中だ！」

ヤップ島の三〇機あまりの毒蛇戦闘機による航空隊は、約一八〇キロ先のウルシー環礁の飛行場に向けて出撃する。すべてはタイミングの問題であった。

ウルシー環礁のレーダー基地と停泊中の巡洋艦のレーダーは、グアム島から大編隊が接近してくるのを認めていた。レーダーに大規模な機影が映っている。

すぐにウルシー環礁の航空隊は出撃し、それと同時に巡洋艦、駆逐艦はウルシー環礁を脱出する。護衛艦隊の数は多くないのと、船舶の避難場所と思わせるためだ。巡洋艦などがいることで、ここを海軍基地化すると日本軍に気取られてはならない。

とはいえ、それは小細工の類《たぐい》であり、どこまで有効かはわからない。巡洋艦や駆逐艦以外も水道を通ってウルシー環礁から脱出しようとしていた。

艦艇については、環礁を守るという選択肢もあった。しかし、そうであるとしても狭い環礁で大型軍艦が水道以外で動かないとなれば、ここでは戦えない。

さらに本音を言えば、ウルシー環礁は秘密基地だからこそ価値がある。その所在が明らかになった時点で意味を失ってしまうのだ。そう、ここを兵站基地とする計画は失敗したのだ。

水道から外に出た艦艇は貨物船などをエスコートして南下する。罐の火を落としていたため、いらいらしたが、なんとか敵襲前に艦船は脱出できた。

ウルシー環礁には地上設置型のレーダーしかない。軍艦のレーダーはなくなってしまった。

一方、Ｆ４Ｆ戦闘機隊はレーダーの指示する方角を飛行するも、現場に着いても何も発見できない。

パイロットの中には、遠くに日本軍の二、三機の飛行艇の姿を認めたものもいたが、状況が状況なので追撃はされなかった。

もし彼らが追撃したならば、レーダーに虚像を映すためのアルミ箔が、空に飛散している光景を目撃できたかもしれない。だがすでに彼らは、それどころではなかった。

9

「ヤップ島方面から航空機！」

ウルシー環礁のレーダー基地は、信じられない現実と直面していた。なにもないはずのヤップ島方面から三〇機近い航空機がやって来たのだ。

対空火器が敵襲に備えるが、それらは十分に完成していない。頼みの戦闘機隊はグアム島方面を飛んでいて、そしているはずの敵大編隊は突然消えた。

彼らが戻るよりも早く日本軍機が現れた。双胴の戦闘機は、まず爆弾で滑走路を破壊した。そしてレーダーにも爆弾を投下する。

対空火器も反撃するが数は少なく、しかも双胴戦闘機は不思議と丈夫だった。

この時点で、一部の地上施設は通信隊をはじめとして、日本軍の攻撃に備えて機材の破壊と文書の焼却を始めていた。それは、小屋にガソリンをぶちまけて火を放つような荒っぽいものだった。

しかし、これは致命的な誤りだった。まずウルシー環礁に戻ったF4F戦闘機隊は滑走路の状況を確認できないまま着陸を試み、全機が大破することになる。

とはいえ、それは毒蛇戦闘機との空中戦で撃墜されなかった機体が心配すべきことだった。

多くのF4F戦闘機が、ほぼ待ち伏せ状態の毒蛇戦闘機の襲撃を受け、撃墜されていった。そもそも数で、毒蛇はF4F戦闘機の五割増しという状況だ。勝てるはずがなかった。

制空権が確保され、抵抗を示すいくつかの船舶は機銃掃射を受ける。日本軍の奇襲を受けてＦ４Ｆ戦闘機隊が壊滅したと聞いた、ウルシーから脱出した艦艇と船団はそのまま戻ることはなかった。

そして陸戦隊を乗せた機動艇が、まず飛行場のあるファロラップ島に上陸し、ほぼ無血で占領する。

機動艇の一部には海軍設営隊も乗っていた。それらはファロラップ島の飛行場の爆弾孔を埋め、金網を載せて応急処置を施した。

毒蛇戦闘機の一部はヤップ島に帰還したが、一部はウルシー環礁の飛行場を確保した。

当初は抵抗する米軍将兵もいたが、制空権を奪われてしまったら降伏するしかなかった。

こうしてウルシー環礁は、日本海軍陸戦隊が大量の物資とともに占領することとなった。


「全機、揃いました！」

永井海軍大尉は部下から報告を受ける。

ファロラップ島の飛行場は完全ではないが、四発陸攻一〇機を飛ばすことはかろうじて可能だ。

「よし。燃料補給と爆弾を搭載し、我々は出撃する。目標は逃走中の空母サラトガである！」

永井がそれを告げた時、一〇機の四発陸攻の乗員たちから歓声があがった。

（超武装戦闘機隊　了）

コスミック文庫

超《ちよう》武《ぶ》装《そう》戦《せん》闘《とう》機《き》隊《たい》〔下〕

米太平洋艦隊奇襲！

2022年9月25日　初版発行

【著 者】

林《はやし》　譲治《じようじ》

【発行者】

相澤　晃

【発 行】

株式会社コスミック出版

〒154-0002 東京都世田谷区下馬 6-15-4

代表　TEL.03（5432）7081

営業　TEL.03（5432）7084

FAX.03（5432）7088

編集　TEL.03（5432）7086

FAX.03（5432）7090

【ホームページ】

http://www.cosmicpub.com/

【振替口座】

00110 - 8 - 611382

【印刷／製本】

中央精版印刷株式会社

ISBN978-4-7747-6414-6 C0193